文春文庫

神様の暇つぶし

千早茜

文藝春秋

神様の暇つぶし

時間は記憶を濾過《ろか》していく。

思い出とは薄れるものではなく、濾《こ》されてしまうもの。細い金属の糸でみっちりと編まれた網に通され、濁りが抜けおちていく。時間はそれを何度も何度もくり返し、日々の些事《さじ》はぽたりぽたりと滴《したた》り、どこかへ流れ去ってしまう。

やがて、純度の高い記憶だけが網の上できらきらとした結晶になって残る。洗いぬかれたそれは日を追うごとに輝きを増し、尖った欠片《かけら》は胸に突き刺さる。

だから、濾されてしまわないように、私はあのひとの醜いところを思いだす。

あのひとは決してきれいなだけの人ではなかったから、きれいな記憶になんかしたくはない。思い出の細部を見つめ、目を背けたものに目をこらす。

たるんで劣化しだした皮膚、そこに散らばる黒い染み、白いものの混じった脂気のない髪、骨にはりついているだけの肉の陰、いい加減で傲慢《ごうまん》な荒々しい言動、黄ばんだ大きな歯。あのひとの、うつくしくなかったすべてを思いだそうとする。

記憶はいつも口元で止まる。よれた紙巻き煙草を咥《くわ》えては、もてあそぶ。その唇を、いつしか私は見つめていた。吸い寄せられるように。

甘い煙が口からゆらゆらともれ、あのひとはなにかをつぶやく。ここにはないなにか、私には見えないなにかに、微笑みかけるように目を細めながら。言葉はいつも聞き取れなかった。

問うと、おまえのなかにはない言葉だからだよ、と笑った。だから、きこえない。

いまは、まだな。そうつけ加えて、私の頭を乱暴に撫《な》でた。

節くれだった指が痛かった。手の重みに泣きそうになった。

いつも、ふとしたはずみであふれだしそうになる感情を必死にこらえていた。

たったひとつの季節を過ごしたひと。

あれから何年経っただろう。

記憶の中のつぶやきはまだ言葉にならず、私はあのひとの色の悪い唇を見つめ続けている。

1

音もなくひらいた透明な扉の向こうから、眩《まばゆ》い日差しに相応《ふさわ》しい熱気が押し寄せて、一瞬足がひるんだ。

すぐ後ろを歩いていた人がぶつかってくる。きっちりとスーツを着込んだサラリーマンが、不満げな唸《うな》りをもらしながら手に持ったスマートフォンから顔をあげる。私が見下ろすと、ぎょっとした顔をして「失礼」と足早に追い越していった。

小さく息を吐く。やっぱりヒール靴は駄目だ。似合わない上に、この高身長では威圧感の権化《ごんげ》のように見えるのだろう。おまけに一重で三白眼《さんぱくがん》の私は目つきも悪い。

ガラスにうつった自分の姿から目をそらし、カーディガンを脱ぐと、外に一歩踏みだした。重みのある熱い空気の塊が私の体を受け止める。エアコンで冷えた皮膚があたたまり、じんじんと痺《しび》れたように疼《うず》きだす。冷たい体と熱い空気が混じり合ってできたぬるい対流が私を包む。かきわけるようにしてオフィス街を進む自分は、水の中に放たれた魚のように思える。大股でぐいぐいと目的地へ向かう。もう昼時をだいぶまわっているので、ぞろぞろと群れて道を塞《ふさ》ぐ制服姿のOLたちもいない。

夏は空気の重みを感じる。まとわりつき、のしかかってくるそれは息苦しい。汗まみれで時間と取っ組み合う熱帯夜も、むっと匂いたつ夕立も、騒がしい蟬の声も、目の裏を真っ白にする激しい太陽も、夏の大気は生々しく、感覚のすべてを否応なく支配していく。

もう脇が汗ばんできた。重い肩掛け鞄を右から左へかえ、背中に張りつきかけたシャツをひっぱって風を通そうとするも、蒸れた空気はちっとも動かない。もったりと絡みついてくる。その間も日差しは手を緩めることなく体のいたるところを刺す。

太陽は傍若無人で過剰で鮮烈。この季節は疎《うと》ましい。なのに、嫌いになれない。それどころか、ふとした拍子に泣きたくなる。

下を向き、日陰を選んで歩いていると、使い込まれた大きなワークブーツが目に入った。アスファルトには焦げついたような黒い影が落ちている。

思わず顔をあげると、ポロシャツを着た男性と目が合った。

ちがう。

心が勝手にそうつぶやいて、体がぐんにゃりと重くなった。そんな自分をもう一人の自分が冷やかに見つめている。

馬鹿だ。あのひとがいるはずがない。

あのひとはここよりずっと熱く、光に近い場所で死んだのだから。

けれど、それもまた嘘なのかもしれない。あのひとのほんとうを自分は一体いくつ知っていたというのか。

何度くり返したか知れない問答を胸の中でつぶやき、また歩きだす。左足の踵《かかと》にひきつれるような痛みを感じた。やっぱりヒールは苦手。靴の中も汗でぬるぬるする。あの銀行の角を曲がれば、目当てのインドカレーの店だ。個性的なスパイスの香りがかすかに流れてくる。足を速めた。意識を記憶からひき剝がそうとするのに、それでも、と身の裡《うち》から声があふれる。

私は昔、夏のかたまりのような男を知っていた。

どれだけの時間を過ごしたら、どれほどの個人情報を教えてもらえたら、その人を知ったと言えるのか、考えだすとわからなくなる。会ったこともない芸能人や本当に存在したのか定かではない歴史上の人物も私たちは知っていると言う。反面、学校や職場の同じ部屋で長い時間を共にしたとしても知り合ったと認識しない人もいる。

けれど、あのひとに関しては、私は知っていた気がするのだ。少なくとも、一緒に過ごしたひと夏の間は。頭ではなく、肌で、そう言える。男だけではなく、あの夏に出会った人たちも同じように濃く灼《や》きつけられている。夏の傍らには死の匂いがあって、彼らのほとんどは私の人生からいなくなってしまった。なのに、影だけは残っている。

誰かと関わると、もう出会う前の自分には戻れなくなってしまう。

それが幸福なことなのか不幸なことなのかはわからない。

もう知らなかった日々には戻れないのだから、誰にも決められない。自分自身ですら。

銀行の角を曲がる。黄と青のタイルで彩られた店が、灰色のビルの間でくっきりと浮きあがっている。脱いだ背広を肩にひっかけたサラリーマンたちが談笑しながら店から出てきた。入れ違いで中に入ると、眩い日差しに晒された視界が真っ暗になった。

店内のざわめきが押し寄せてくる。冷房のひんやりとした空気を体に馴染ませながら、私はいつもの壁に面したカウンター席に向かう。背後の空気が揺れて、誰かが店内に入ってきた気配がする。店員の声でそれが一人客だとわかる。

席につくと、ようやく目が慣れてきた。湾曲した天井も壁も深いブルー。青い洞窟のような店内は広く、テーブルは客で埋め尽くされている。大半が首から社員証をぶら下げた会社員だ。オフィスサンダルのままの人もちらほらいる。奥の厨房では縮れた髪に浅黒い肌の外国人たちが、コックコートを着て丸い窯のまわりで動きまわっている。

もう二時を過ぎている。ランチタイムは終わりかけだ。次々とレジに向かう人たちのせいで、店員がなかなかオーダーを取りにこない。青ばかりの中でぼうっと座っていると、海の底にゆらゆらと沈んでいくような気分になった。カレーの香りが流れてきて、意識がひっぱりあげられる。

ふと隣に目をやると、いつの間にか人が座っていた。ポロシャツの瘦せた男性が汗を拭きながらメニューに見入っている。さっき通りで目が合った人だった。大きなリュックを膝の上で抱えている。

私の視線に気づいたのか、男性の手が止まる。わざとらしいくらいゆっくりとこちらを向く。さっと目をそらしたが、男性は私だけに聞こえる大きさで「すみません」と声をかけてきた。嫌な予感がした。

席を立とうとすると、「あの、はじめてなのですが、お勧めはなんでしょう」と言われた。「え」と訊き返す。男性は汗を拭く手を止めて同じ言葉をくり返した。

「お一人なら単品より、ランチのBセットがおすすめですよ」

店員に訊けばいいのにと思いながらも答えてしまう。

男性は「ありがとうございます」とハンカチをポケットにしまった。四十半ばぐらいか。日に焼けていること以外は特に目立った特徴がない。洒落《しゃれ》っ気のない黒髪に、だらしなくない程度に動きやすい服装。記者によくいるタイプだと思ったのだが。

「日替わりで三種類のカレーがついてくるのでお得です。好き嫌いがなければ」

私はそう言うと、注文を取りにきた店員にBセットを頼んだ。食後にチャイをお願いする。男性はメニューと私を交互に見ていたが、私と同じものを注文してライスを選んだ。ここのカレーはナンの方が合うのに、と思ったが、男性がためらいもなく生ビールを頼んだので悔しくなり教えるのはやめた。

店員が水差しと紙ナプキンを置いて去っていくと、男性は私のグラスに水を注いだ。氷がごろごろと勢いよく流れ込み、カウンターに水滴が飛ぶ。「あ、すみません」と再びハンカチを取りだす男性を制して「大丈夫です」と拳で水滴をぬぐう。男性は私を眺めて、目の端でかすかに笑った。目尻の皺を見ると、ほんのすこしだけ親近感がわいた。

「ここのカレーは美味しいですよ」とカーディガンをはおり、会話を中断させるためにスマートフォンを取りだした。男性はそれでも話しかけてきた。

「知っています」

くっきりとした声だった。

「はじめてきたのに？」

思わず訊き返していた。男性は口元だけで笑った。

「あなたが毎週通っているみたいですから。美味しくないはずはないと思って楽しみにしていました」

ため息がもれる。やっぱりそうか。最近は見かけなくなったと思っていたのに。

男性は横目で私を見ながら、運ばれてきたビールに口をつけた。その目が急に観察するもののそれに思え、気分が滅入る。

「食べることに目がない、と聞いていましたから。柏木藤子《かしわぎふじこ》さん、ですよね」

私は男性が注いでくれたグラスをぐいと押しやった。

「ここのカレーは美味しいだけじゃなくて、体にもいいんです。腸がすっきりするんです。二日酔いにも効くし。週半ばのご褒美ランチに決めているんです。だから」

　食べ終わるまで黙っていてもらってもいいですか、と言いかけて、男性が口にしたことに気づいた。聞いていた？　確かにそう言った。

　男性と目が合った。きっと私は間抜けな顔をしていたのだろう、男はまたかすかに笑った。

「こうも言っていましたね。あいつは本当にお人好しの馬鹿だって」

「誰が」とは訊かなかった。男も言わなかった。

　唾を飲み込もうとしたが、口の中がからからでうまくいかない。男性の方に押しやったグラスに手を伸ばした。冷たい。唇をつける。口に含んだ水はなんの味もしなかった。ただ、冷たい。冷たい液体が空っぽの胃に落ちていく。

「記者さんではないんですか」

　男性がビールを半分ほど飲んだところで、私はやっと声をだすことができた。男性は口のまわりの泡を舐《な》めとりながら頷《うなず》いた。ポケットから名刺を取りだす。

「ええ、僕は編集をやっております。先生とは生前からお付き合いがありまして、あなたのことも聞いていました。このようなかたちで大変申し訳ありませんが、ちょっとお話を伺わせていただけないでしょうか」

男性は落ち着いた声ですらすらと喋った。

「本来ならば、まずご連絡を差しあげてからお会いすべきなのですが、お断りになるかと思いまして」

返事ができないでいる私と男の間にぬっと浅黒い腕が差し込まれ、それぞれの前に銀の盆を置いていく。赤と緑とオレンジのカレーが入ったボウルが並び、骨付きハムのような大きなナンが銀の盆からはみだしている。こんがり焼けたナンの表面で黄色い油が輝いている。どうして、どんな時でも、美味しい食べ物はつやつやと光を放っているのだろう。冷たい水に刺激された胃が低い音で唸った。

私はナンを指先で素早く裂くと、熱く芳《こう》ばしい生地を口に押し込んだ。スプーンで赤いカレーをすくう。トマトの酸味と獣くさい脂が口のなかにひろがる。羊肉のくせのある匂いは好きだ。あのひとも好きだった。私たちは食べ物の好みがよく似ていた。肉片を嚙み締め、飲み下し、男性を見る。

「私たちは一緒にごはんを食べていただけですよ」

「なんの関係もない、ということですか」

小さな笑いが知らずもれていた。

「人と人がわずかでも一緒にいて、なんの関係もない、ということがあると思いますか」

「では……」と、口をひらきかけた男性をさえぎる。

「けれど、それはあなた方が期待するようなものとは違います」

ちぎったナンを緑のカレーに浸しながら「そんなものじゃないんです」と低い声で言う。ココナッツミルクのまろやかな味がした。

男性は「あなた方」と平坦な声でくり返した。それから、私を見た。

「じゃあ、あなたにとって先生はどんな存在でしたか」

過去形に胸がずきりとする。慌ててオレンジ色のカレーにスプーンを突っ込み、大きなエビを口に運ぶ。一番辛くて、鼻の奥がつんとした。

どんな存在、だったのだろう。あの夏、私たちは当たり前のように毎日食事を共にしていた。まるで家族のように。でも、あのひとがどう思っていたか、言葉で確かめたことはない。

「私はなんでもないですよ、あのひとにとって」

「あなたに訊いているんです。僕はあなたの目から見た先生の姿を知りたい」

男性はまっすぐに覗き込んできた。目をそらして頭をふる。

「わかりません」

「じゃあ、あなたに関する噂についてはどうお感じですか」

はは、と今度は乾いた笑い声がでた。自分のものじゃないような笑い声はかさかさと胸をひっ掻いていく。

「どの噂ですか？　隠し子？　死んだ娘の代わり？　それとも、愛人疑惑ですか。有名写真家の財産狙いの？　私をよく見て、普通に考えてくださいよ。こんなでかいだけの女、あんな人が相手にするはずがないじゃないですか。記事にしようとしてやってきた人もみんながっかりして帰っていきましたよ。うちの家があのひとの実家の近くだったってだけ。ただのご近所さんなんです。それだけの関係。なんでもないんです」

そう一気に言うとナンをちぎった。

「あなたはもしかして」と男性は私を見つめたまま言った。

「あの写真集をご覧になっていないのですか」

私は黙ったまま食べ続けた。なにかの香辛料を噛み砕いてしまい、口の中に華やかな緑がひろがる。かまわず咀嚼《そしゃく》する。

「ひとつ確認させてもらってもいいですか。写真集を出版することに同意されたんですよね」

男性の視線を無視して、ひたすら口を動かす。

「先生の最後の写真集」

しばらくして男性は言った。膝の上のリュックをおこし、ジッパーをあける。

「僕が編集を担当しました。ほとんどすべてのページにあなたが写っています。僕は被写体の了承は取っていると聞いていました。だから、この写真集のせいで、あなたが好奇の目に晒されることになった時も後悔はありませんでした。今だってありません。その理由は写真集を見てもらえばわかると思います」

男性が大きな茶封筒から分厚い本を取りだす。英文字で印字された大嫌いな自分の名前が目に入り、ぎらりと表紙が光った。店内の照明は控えめなのに、色なんて白と黒しかないのに、いつだってぬめるように輝く光画。

あのひとの写真だ。

連続する重いシャッター音が頭の中で弾けた瞬間、叫んでいた。

「いいです！」

一瞬、店内のざわめきが静まる。うつむき、肩を縮めて、食べ散らかされた自分の盆を見つめた。ナンはばらばらにひき裂かれ、緑や赤の飛沫があちこちに散らばっている。ぐしゃぐしゃになった紙ナプキンと自分の手は油で汚れていた。

どっくん、どっくん、と心臓が喉を突きあげてくる。心臓はこんなにも動いているのに、こめかみから血がひいていく。息が、吸うのも、吐くのもむずかしい。

「出版に同意するのと……見るのは違います」

言葉がこぼれ落ちていく。

「見たくないんです……あの頃の自分の姿を。その本に載っている私は私じゃない。違う人間です。ただの、作品なんです」

男性は黙っていた。強い、静かな視線を感じた。

「あのひとにとって、その写真は、ただの暇つぶしです。写真だけじゃない、ぜんぶがそうだったんです。私たちには、温度差が、あったんです」

息を吸う。喉が間抜けにひゅっと鳴る。

「嘘だって……つかれていました」

男性は、ああ、というような顔をした。なにか言いかけて、口をつぐむ。

沈黙が流れた。もし男性が慰めや弁護のようなことを一言でも口にしたら、席を立つつもりだった。

けれど、男性はなにも言わなかった。私は大きく深呼吸をすると、またナンの切れ端に手を伸ばした。

「食べてもいいですか」

リュックに手を突っ込んだままの男性を見た。その肩から力が抜けていくのがわかった。「これからまわる所があるので、食べないと」と言うと、男は目尻に皺を寄せた。茶封筒に写真集を戻し、テーブルに置くと、ゆっくりとリュックを床に下ろす。

「そうですね、すみませんでした。正直、腹が鳴りっぱなしです。あなたがとても威勢よく食べるから」

そう言われた途端、うまくナンを呑み込めなくなった。あのひともよくそう言って笑った。目尻の皺を慈しむように深めながら。

あのひとはいつも私を苦しくした。いなくなった今もまだこうして苦しくする。話して、吐きだしてしまえば、楽になるのだろうか。それとも、もっと苦しくなるのだろうか。

カレーと米をかき込む男性をちらりと見て、店に入る前、彼の足元にあった黒い影を思いだした。太陽の黒点のような影。あの中に夏の亡霊がいたのかもしれない。

銀色の水差しの中で、からん、と氷が澄んだ音をたてた。

その音は私を夜へといざなっていった。

あのひとと出会った初夏のくらいくらい夜へと。


ところかまわず噛みつくような声のヴォーカルがラジオから流れてくる。ざらついた音が半分覚醒した頭の中をやすりのように擦《こす》っていく。ラジオを消そうと思うが、起きあがれない。

やっと曲が終わり、DJが妙なアクセントのついた声音で喋りだす。受験勉強をしている時に毎晩聞いていた声が遠く感じる。DJはそろそろ梅雨明けだ、梅雨が終われば夏がくる、と嬉しげに話していて、私はうっすらと前期の授業が終わることを悟った。もうすぐテストがはじまって、終わった者から夏休みだ。

時間はどんどん進んでいく。私はきっとこのまま夏休みに突入するんだろうな、と他人事のように思う。大学は楽だ。学校に行かなくても誰もなにも言ってこない。このまま誰からも忘れられていくのかもしれない。どうでもいい。眠い。寝汗を吸った敷きっぱなしの布団がぺたんこで湿っぽい。

聴いたそばからこぼれ落ちていくポップスが良いあんばいで眠りに誘っていく。体が水になって真綿に吸い込まれていくような眠りだった。

まったく抗《あらが》えない凶暴な睡眠欲に、その頃の私は昼も夜も侵されていた。けれど、眠りそのものは深くはなく、浅瀬をたらたらとさまようような不完全な眠りだった。目が覚めると、不安になった。知らぬ間に水底の見えない沖まで流されていたような恐怖。そこから目を背けるように私はまた眠った。

その晩もそのままずぶずぶと眠りに呑み込まれていくところだった。けれど、体の底の鈍い痛みが意識をひっかけて離さなかった。

ぞり、ぞり、と腰骨の内側を木べらで削るような感触。寝返りをうつが、痛い。重い。こんなときに、と呻《うめ》き声をあげる。胸なんてほぼないのに生理痛だけはあるなんて。肩幅も身長も男子並みだっていうのに不平等だ、と思いながらちゃぶ台に手をかけてのろのろと起きあがる。

トイレに行こうと立ちあがり、ラジオの音量を下げて、なにかが鳴っていることに気づいた。携帯電話の番号を教えているのに必ず家電にかけてくるおばさんからの電話かと思ったが違った。そもそも、おばさんがかけてくるにしては時間が遅すぎる。

玄関チャイムが鳴っていた。

一定の間をあけて、何度も、何度も、鳴る。

深夜の居間に立ち尽くした。お腹の痛みと耳障りな音が、連動するように内から外から襲いかかってくる。かすかに立ち眩《くら》みを覚えて、目をぎゅっとつぶる。

放っておいてくれよ。

そう吐き捨てて、けれど、すぐに諦めて、ずんずんと玄関に向かった。古い廊下が私の足裏で軋《きし》んだ音をたてた。もっと静かに歩かないと家が壊れるぞ、と苦笑しながらたしなめてくれた人はもういない。ひとりぼっちだ。だから、私は眠っていたいのに。

チャイムは鳴り続けていた。戸を拳で叩く音も聞こえてくる。

裸足であがりかまちを下りて、「はいはい」と引き戸を開いた。

雨が降ったのか、水の匂いがむわりと押し寄せた。その中に鉄錆《てつさび》のような匂いを嗅ぎわけた瞬間、血まみれの腕が目に入った。

無精髭の男がいた。

玄関灯がスポットライトのように男を照らし、左腕を染める血をてらてらと浮きあがらせていた。

赤の強さに、しばし唖然となる。

男の影が黒かった。べったりとした濃い闇を背後に貼りつけて男は立っていた。雑に束ねられた白髪まじりの髪。汚れたワークブーツ。よれよれのデニム地のシャツは肘の辺りまでまくりあげられていて、左腕の袖口は血でぐっしょりと濡れていた。

自分の唾を飲み込む音が夜闇に響いた。

男は黙ったまま私をじろりと見た。まるでここが自分の家で、私がよそ者だとでも言いだしそうな目つきだった。でも、どこか懐かしい目に思えた。

「恭平《きょうへい》は？」

ぶっきらぼうに、男が父の名を呼び捨てにした。初老といってもよさそうな年齢に見えるのに口調は乱暴で、ふてくされた粗野な若者のような雰囲気があった。

なんと答えればいいか迷った。「いません」とつぶやく。嘘ではない。

「そうか」と男は言い、私を見た。

男性の視線は苦手だ。値踏みされているようで落ち着かない。

「あれ、おまえ、藤子か？」

「はい」

突然、呼び捨てにされ、とっさに背筋を伸ばしていた。男が目の端でふっと笑う。

「でかくなったなあ」

呑気な声だった。急に男のまわりの空気がゆるむ。腕の血はペンキかなにかの見間違いではないかと思ってしまうくらい、なんでもないように男は声をだして笑った。ぽかんと口をあけたままの私を見て、「覚えてねえか」と喉の奥で言う。

「おまえ……不用心だね。年頃の娘が、確認もせず開けて」

ぽつ、と小さな音がした。下を見ると、土間のタイルに血が散っていた。男はそれを見ると、「悪い奴だっているんだからな、もっと気をつけろ」ときびすを返した。反射的に血で染まっていない方の袖を摑んでいた。男の体がびくっと震える。

「なんだ」と、困惑した声で私の手をふりほどく。体を動かすとまた血が数滴落ちた。

「え、だって怪我が」

「なんの怪我か知らないだろ。人を殺した返り血かもしれないぞ。こんな怪しいジジイに関わるな」

悪ぶるように、顔の半分でにやりと笑う。ジジイには違いないが、ジジイってもっと気配が薄くて枯れた感じのもんじゃないか、とぼんやり思った。この人は妙に生々しい。

「私、でかいし、強いですから。その辺の男子よりも」

また袖を摑むと、男は吹きだした。

「馬鹿。おまえ、まだガキだな」

「あの、じゃあ、お家に連絡しましょうか」

「お家」と口の端で笑われる。「ねえよ」と硬い声が返ってきた。

とっさに掴む手に力を込めていた。男のシャツはかすかに湿っていた。煮つめたような煙草の臭いがする。

「救急車とか呼ばれたくないから、父を頼ってきたんじゃないんですか。病院も行かないつもりですよね。せめて止血とか消毒だけでもしましょう。ばい菌が入りますよ」

男の動きが止まった。ぎょろりとした二重の目で私を見下ろす。射抜くような視線。怖い。でも、なぜか手を離せなかった。このまま夜へ放してはいけない気がした。

「一晩様子を見て、腫《は》れたり痛んだりするようだったら明日病院行った方がいいです。化膿《かのう》したら大変ですよ。病院だったら、商店街の裏の坂部医院がいいですよ。あそこの老先生なら外科もできるし、余計な詮索はしませんよ。なんなら一緒に行きますから、私、ちっさいときからお世話になってますし」

心臓の音を隠そうとべらべらと喋る。なにをこんなに必死になっているのだろうと恥ずかしくなった。

「知ってる」

ふいに男のぼそりとした声にさえぎられた。

「ぴいぴい泣くおまえを連れていったことがある」

「え」

「逃げないから離せ」

男は私の手をふりほどくと、ガラガラと引き戸を閉めた。「鍵、閉めておけよ」と言いながら靴を脱いで玄関にあがる。土間に立ち尽くした私をふり返り、「おまえ、お人好しなんだな」と笑った。

「ガキじゃないな、女になったんだな。血なんか怖くないか。恭平なんかよりよっぽど頼りになるじゃないか」

話しながら廊下を進んでいく。慌てて追いかけて、床板の柔らかい感触に、自分の足が土間ですっかり冷えてしまっていたことに気づく。

男は迷いなく居間に向かった。ついていくか迷ったが、とりあえず浴室に行き、洗面器に水を張ると、新品のタオルと一緒に居間に運んだ。

男は敷きっぱなしの私の布団と仏壇の間に立っていた。片手で左腕の傷らしき場所を押さえている。頭が電灯のかさにぶつかりそうだ。

「どうぞ」とタオルを渡すと、父の遺影を見つめたまま言った。

「いつだ」

「先週、四十九日が終わったところです。事故で」

布団をまたぎ、押入れから救急箱を取りだす。洗濯物の山を布団で丸め込んで部屋の隅に押しやってから男を見る。男の足元から黒く長い影が廊下の方へと伸びていた。

男と父との関係を知らない以上、なんと言えばいいかわからなかった。それよりも、男の腕に巻きつけたタオルにじわりじわりと血が滲《にじ》んでいくのが気になった。

「煙草、一本もらっていいか」

ややあって、男が言った。返事も待たずに仏壇の中へと手を伸ばす。男は父が遺した緑色の煙草の箱をひとつ取ると、ぎこちない動きで一本ひっぱりだした。咥えて、線香用のマッチを擦る。火は点かず、マッチが折れる。男は舌打ちをして、また擦る。何度やっても点かない。しんとした部屋にシュッ、シュッと掠《かす》れた音が響く。

喉の奥に熱い塊が込みあげてきて、たまらなくなり立ちあがった。男の手からマッチを奪い取り、いつもしているように箱の横にあて、勢いよく擦る。鼻の奥に線香花火のような匂いがつんと届き、紅い火がたちのぼる。片手でそっと覆い、男の顔に近づける。男は目を伏せて、身をかがめた。もう若くはない土気色の肌と無精髭がマッチの灯りで照らされる。白い煙がゆがめた口元からもれ、男は深く吸うと、ゆっくりと煙を吐きだした。父の香りがした。

男は霧散していく煙を眺め、二口ほど吸うと、名残惜しそうに香炉に煙草を置いた。煙草のあちこちが黒く変色しかかった血で汚れていた。

まっすぐにのぼっていく細い煙を見つめていると、男が「水をくれないか」とつぶやいた。低く暗い声だった。

「血を失ったせいだな、喉が渇いた」

私は台所に走ると、食器棚の中の一番大きなガラスコップを摑んだ。仕事から帰ってきた父がビールを飲むグラスだった。製氷機から氷をめいっぱいすくい、ぎゅうぎゅうにつめて水をそそぐ。

居間に戻ると、男は壁にもたれながら畳にあぐらをかいていた。目をとじた姿に一瞬ぎくりとする。けれど、男はすぐにぎょろりと目をあけて急《せ》かすようにこっちを見た。私が手渡した水を、男はひと息に飲んだ。喉ぼとけが父のようにひくひくと動いた。

「うまいな」と絞りだすような声で言うと、畳に膝をついた私を見つめた。目尻に皺が寄った。

「ちゃんと飯、食ってんのか」

ごつごつとした大きな右手が伸びてきて、私の髪をぐしゃぐしゃにした。避ける間もなかった。知らない男に簡単に距離を詰められ、同情されて、不快だ、と感じるその一方で、ぐらりと平衡感覚を失いそうな気分になった。

「汚いですよ」と手を払う。手首に骨があたって、じんとしびれた。なれなれしいと感じつつも、自意識過剰だと思われないよう「ずっと、お風呂入ってないから」とぶっきらぼうに言った。

「汚ねえな。ほんとだ、ちょっとべたべたしてるわ」

男が手を畳にこすりつけて笑う。

だからそう言ったじゃないですか、と言おうとしたが声がだせなかった。触られて、不覚にも気がゆるんだ。これ以上なにか言ったら涙腺が決壊してしまいそうで、込みあげてきたものを呑み込んだ。

グラスの中の氷が軋んだ音をたてて崩れた。


銀色の水差しを持ちあげると、氷がからからと鳴った。

水は冷たさを増していた。氷山が溶けだしたような、深く澄んだ冷たさ。青い店内に意識が静かに引き戻されていく。

あの後の記憶はあちこち欠けている。

男の傷はぱっくりとひらいていた。素人目でも鋭利な刃物で切り裂かれたものだとわかった。人に刺されたのかもしれない。男には誰かをかばおうとしている気配があった。

女の人だろうか。

思ったけれど、訊かずに手を動かした。男の胸元からはかすかに、甘い、香水のような匂いがして、傷から目をそらす男の横顔には荒っぽい色気があった。

関わりたくない、と感じた。思えば、あの頃の私は、血よりも人の情念に触れてしま手当てをする私の言いなりになりながらも、男はあたりを注意深くうかがっていた。この部屋に私以外の人間がいないか、心配していたのだろう。

私は、男が抵抗しなかったことに安堵した。怪我をしている男を前にして、自分がなにかしなければならないという思いもあったが、それ以上に、それを男がどう思うかということが怖かった。

男の指示で止血をし、傷口を消毒して、たまたまあった軟膏《なんこう》を塗り包帯を巻いた。手指にこびりついた血を洗い流すと、洗面器の水が透明な赤に染まった。

ずっと手が震えていた。心臓も激しく脈打っていた。なんとか隠そうとして、私はどうでもいいことばかり話した。大学の友人や、おせっかいなおばさん、商店街の好きな惣菜屋、おすすめの学食のメニュー。とにかくなんでもいいから口を動かしていたかった。父の話はしなかったし、男も訊いてこなかった。かなり歳が離れているといっても、父以外の男性と部屋で二人きりになるなど、私の人生では珍しいことだったので、パニック状態だったのだと思う。

水をもう一杯飲み干すと、男の口数は減った。痛みますか、やっぱり病院行きますか、なにか食べますか、と矢継ぎ早に尋ねる私に黙って首を横にふるばかりだった。目の下の深いくまに疲労が見てとれた。男の沈黙には迫力があった。呑み込まれるように私の口数も減っていき、私たちの間には夜が深く横たわった。

助かった、利き手だったから焦った。

玄関先で、そう男は言った。

低い声で礼をつけ足すと、ふり返りもせずに去っていった。

月のない、ぬめるように暗い夜だった。でも、男の姿はなぜかよく見えた。背の低い門のそばにかがんで、かんぬきを掛けるふりをして目で追っていると、男は看板のない元写真館の前に立った。闇の中、一人で佇《たたず》む後ろ姿は、重油でべっとりと濡れた鳥のようだった。

その瞬間、男が誰だかわかった。

庭先でしゃがみ込み、母に隠れて煙草を吸う父と男。小さな私は縁側から楽しそうにこそこそ話す二人を見ていた。構って欲しくて声をあげると、二人は同時にふり返った。煙草は毒だからこっちにきたら駄目だよ。父は優しく言って笑った。男は、大人になったら混ぜてやるよ、と目を細めて、いつも首から下げていた真っ黒なカメラを構えた。

私は、あの時どうしただろう。

ナンの最後の切れ端でカレーをぬぐいながら記憶を探る。

寝静まった住宅街に響き渡った自分の声がよみがえった。

そうだ、呼んだ。あのひとの名を。全《ぜん》さん、と。

「全さん、おやすみなさい」

門扉に飛びついて、そう私は叫んだ。

男はふり返り、軽く片手をあげた。表情は見えなかった。包帯の白が夜の中ではためいて、男は真っ暗な写真館の中に消えていった。

手に感触が残っていた。父よりも年上なのに、父よりずっと筋肉質だった男の腕の感触が。鼻に近づけると、鉄錆なのか血なのかわからない匂いがした。男の姿がなくなると、腹の痛みが戻ってきた。トイレに走り、便器に散らばる赤を見て、また男の血を思いだした。

けれど、あの晩は深く眠れた。夢も見ずに、目覚めに怯《おび》えることもなく、水底に沈むように眠った。

ときどき思う。もし、昼間に再会していたら違っただろうかと。あの闇には搦《から》めとられなかっただろうか。そんな考えても仕方ないことを考えてしまう。

わざとゆっくりと食べたのに、編集者だと名乗った男性は辛抱強く待っていた。そして、私が食べ終えたのを確認すると、椅子をひいて立ちあがった。男性の銀の盆にはひと粒の米も残っていなかった。

なにか訊かれるかと思っていたので、思わず男性の顔を見上げてしまう。

「今日は失礼しました」

男性は落ち着いた声で言った。重い茶封筒を返そうとすると、「それは置いていきます。好きにしてください」と私の伝票に手を伸ばした。その手をさえぎる。

「結構です。自分で払います」

「わかりました」

男性はあっさりと引き下がった。けれど、「またきます」とつけ足した。

その声に潜む確かさから、当分は逃げられないことを悟る。男性が去っていくと、ターバンを巻いた店員がやってきて流麗な動きでチャイを淹れてくれた。

空っぽになった自分の盆を見つめる。

泣きたくなったら食べればいい。泣きながらでも飲み込めば、食べた分だけ確実に生きる力になる。

そう言ったのは父だっただろうか、あのひとだっただろうか。どちらにしても、私は愚直にそれを信じて生きている。

泡立つ甘いチャイをひとくち飲み、スパイスの香りのげっぷをした。

会計を済ませた男性がちらりとこちらを見る。一礼をして私に背を向けた。ドアを開けた瞬間、まばゆい日差しが男性の背中を黒いシルエットに変えた。目の奥に灼きつけられた光と影にくらりとする。

光と影で世界を写す。

それが自分の仕事だと、あのひとは言った。

けれど、あのひとそのものが光と影でできているようだった。

2

パソコン画面の矢印を動かし、シャットダウンをクリックした。

皮脂か汗かわからないものでべたつくマウスから手を離す。背中を伸ばすと、あくびがもれた。大口をあけたまま腰を揉《も》む。

部署にはもう誰も残っていない。人がいない方が集中できるので、ついつい残業しがちだ。夜の予定などないと思われているのか、心配されることもない。

にじんだ視界でパソコン画面が真っ暗になり、ぷつんと動作音が消える。ふいに、なにか忘れていたような気分になって黒い液晶画面を見つめてしまう。判別しにくい自分の影が映っているだけ。

なんだか、別れに似ている。いつもの習慣で、なにを考えることもなく手をふり、それきりになる。最後に交わした言葉も思いだせず、伝えておけば良かったと後悔しても、もうなにも伝えられない。父との別れはまさにそうだった。父の目が私を映さなくなるなんて考えたこともなかった。アルバムの最後のページがいきなり塗りつぶされたかのように、私と父の日々は終わった。死は黒い断絶だ。

けれど、その衝撃と痛みもいつしか薄れていく。別れがあった瞬間から、ひとりの日々は否応なくはじまり、泣いても叫んでも人はその状況に慣れていく。

出会いがあっても、また別れがある。きっと、そのくり返しだ。いつか、見えないものの手によって私自身がシャットダウンされる日まで。今はそう思える。

立ちあがると、デスクチェアが軋んだ音をたてた。肩にかけた鞄がいつもより重い。鞄から数センチ突きでた、どの仕事用ファイルよりも大きい茶封筒を見ると、昼間に会った編集者を思いだした。家に持ち帰るのは気が進まなかったが、会社に置いておくのはもっと嫌だった。

がらんとした受付の前を通り会社を出る。歩を進めるたび、鞄のストラップが肩に食い込んでくるように思えた。

室外機の熱風が充満するビルとビルの間を抜ける。ぬるい薄闇の中、行き交う車のライトや店の電光掲示板が目をちらつかせる。鞄をかけなおす。あのひとの写真もこんな風にぎらついた光を放っているのだろうか。

そう思った瞬間、心臓を摑まれたように苦しくなった。私の頭を撫でたごつごつと痛いあの手を思いだす。あの手が生みだした写真がここにある。汗ばむ脇の間に。心臓に近い場所に。

ずるい。こんな風に残して。

もういないくせに、伝えてこようとするなんて。

コンビニの前を通りかかり、封筒ごと捨ててしまおうかと立ち止まる。つかつかとゴミ箱に近づき、けれど、思いきれずに中に入り、缶ビールなんか買ってしまう。迷いながらゴミ箱の横でプルタブをひき、苦い炭酸を喉に流し込む。そのまま息もつかずに飲み干すと、ずいぶん気分がすっきりした。そして、少しだけどうでもよくなった。空き缶だけをゴミ箱に放った。

ぐずぐずしてるくせに、飲みっぷりだけはいいな。

そう笑うあのひとの声がしたような気がした。ビルの灯りを見上げながらげっぷをして、駅へと歩いた。

混雑する駅構内の、改札の横で若いカップルが寄り添っているのが目に入った。女の子が泣いている。肩をかしている男の子はなにかを堪《こら》えるような顔をして、なにもない天井をにらんでいる。二人の腕はお互いの背中にしっかりまわされている。改札へ呑み込まれていく人の群れなんかいないみたいに、二人は二人だけの世界にいて、もちろん不躾《ぶしつけ》な私の視線にも気づく様子はなかった。

大学の頃、友人のこんな場面に出くわしたことがあった。

菜月《なつき》という、中学高校と女子校時代を一緒に過ごし、大学も同じところへ進んだ子だった。大学に入り、眼鏡からコンタクトにした菜月が一番に掲げた目標は処女を喪失することで、新歓コンパでめでたくお持ち帰りされてからも恋愛に全精力を傾け、好みの男を見つけるたびに果敢に挑み、成就したり玉砕したり揉めたり別れたりをくり返していた。駅で二人だけの世界を築きあげていた相手は、確か学内の軽音サークルでバンドかなんかをやっていた男の子だった。

「陥没くんといたね」

次の日、二限の後に目を腫らしてやってきた菜月に言った。

「へ、陥没？」

「だって、陥没してるんでしょ」

左胸をつついて見せると、菜月は野菜ジュースを吹きだした。

菜月はセックスした時の感想を私に報告する癖があった。その彼との行為の感想は、左の乳首が陥没しているのが目に入ってどうしても集中できなかったというものだった。菜月があまりにころころ男を変えるので、私は彼らに適当なあだなをつけていた。

「うわっひどい！　ノートがびしょびしょ」

「フジが変なこと言うからでしょ！」

「陥没してるって言ってたのは菜月だよ」

「だからってさー」と、笑いながら菜月は目尻の涙を人差し指でぬぐった。

「それよりさあ、駅ですごいね。なにあの、ドラマみたいな感じ。ちょっと手をふってみたけど、ぜんぜん私に気づいてなかったよね。そんなに離れがたいことあったの？

左乳首陥没くんと」

「ちがうちがう喧嘩」

菜月はわずかに肩をすくめた。鼻息荒く身を乗りだしてくる。

「ていうかさ、フジ聞いてよ。あいつ、なんもわかってないの。バンドが忙しいとか言って調子乗ってるんだよね、ただのコピーバンドのくせに。陥没してるくせに。ああ、腹たつ」

「聞く、聞く。学食でチョコサンデー食べながら聞く」

「チョコサンデーいいね！」

菜月がアーモンド形の黒い目を輝かせる。その表情は肉食の小動物を思いおこさせた。女の子がやさぐれている時はとりあえず甘いものだ。当時、私は菜月が付き合う男の誰よりも菜月の扱いに長《た》けている自信があった。

中学からずっと大きかった私は、女子校の女の子の中では「男役」だった。女の子たちは「背中がお父さんみたい」と、もう父親に抱きつかない歳のはずなのに私に抱きついてきたし、「フジくらいの身長が理想」と甘えたしぐさで腕を組んできた。それに乗って道化や相談役に徹している方が楽だった。私は「女の子」としては相応しくない存在だったし、それは自分でもよくわかっていた。

小学校の同級生男子たちは私がスカートをはくと、アニメの主人公の真似をして「フージコちゃん」と囃《はや》したててげらげらと笑った。それはつまり、女性性の塊みたいな峰不二子と私がかけ離れているからだ。当時はそこまではっきりと言語化できはしなかったが、自分が女の子らしくすると笑われるという恐怖は根深く刻まれた。大学に入ってからも小学校の頃の記憶がよみがえり、うまく男子と接することができなかった。

異性に対してぎこちない態度をとり続けるうちに、まわりの女の子たちは変わっていった。女の子同士ではしゃいでいても、微妙に男子の目を意識している。服装や化粧、さりげないしぐさや声音にそれは見て取れた。

でも、依然として懐《なつ》いてくる女の子もいて、そんな彼女たちの前で「男役」の自分が女の子らしくふるまうのは許されていない気がした。いつの間にか、私は「さばさばした男みたいな女」になっていて、それに合わせた言動をするようになっていた。

でも、本当は人目をはばからず二人の世界を作るような恋愛に憧れていた。

学食のプラスチックのテーブルに片肘をつき、紙コップに入ったソフトクリームとチヨコソースをぐるぐるとかきまわしながら菜月の恋愛相談を聞く。わざと茶々を入れながらも、心の中は羨望と好奇心でいっぱいだった。講義をさぼってはそんなことばかりをくり返し、自分も運命の人に出会って素敵な恋愛をする妄想にふけった。

思えば、夢見がちで馬鹿な女子大生だった。

二人の世界なんて恐ろしいものだ。いつか必ず終わると知っていても、自分から離れることもできない。恋に憧れることができたのは、若く、無知だったからだ。女の子の、変に柔らかい体と甘い匂いは私を傷つけることはなかった。けれど、異性の体は違った。

初めての恋は、真夏の太陽のように容赦なくすべてを奪い、私を私でなくさせた。私はもうああいうことはこりごりだ。ひとりは楽だ。すり減ることも、奪われることもない。

若いカップルから目をそらし、改札機にカードをかざす。ぴっという短い電子音がやけに耳に残った。

ただ、父が死んでひとりぼっちになってしまったあの頃、停滞していた私の時間を動かしたのは、確かにあのひとだった。

廣瀬《ひろせ》写真館の不良息子。

私が物心ついた頃から、全さんは町内の年長者や主婦たちからそう呼ばれていた。滅多に帰ってこず、帰ってくれば店主である父親と大喧嘩をして、真夜中に店のガラス戸を蹴破って出ていく。学生の頃は暴走族だったとか、暴力沙汰や窃盗で捕まったことがあるとか、薬物をやっているとか、嘘か本当かわからない噂話がたくさんあった。

最後に全さんの姿を見たのは、写真館の店主が亡くなった時だった。葬式は写真館で行われた。私は中学生になったばかりだったが、全さんはちらりとも私を見なかった。その頃の全さんはテレビや雑誌で取りあげられるような写真家になっていて、近寄りがたい雰囲気があった。それ以前に、粗暴な噂話のせいで怖くて話しかけられたものではなかったが。

葬式の後、父は「ちょっと片付けやなんか手伝ってくる」と若干誇らしげに出ていって、朝まで帰ってこなかった。なんとなく父を奪《と》られたような気がした。写真館はそのまま開店することはなかった。数年前から認知症のあった全さんの母親は施設に入ったと、父から聞いたような気がする。

近所での呼び名は不良息子から親不孝者に変わったが、それ以降、全さんの姿を見かけたことはない。閉まったままの写真館はゆっくりと老朽化し、貼られたポスターや家族写真は色褪せていった。

あの月のない夜、ふらりとやってきた男は暗く静まり返った元写真館に消えていった。しばらく見つめていたが、室内に灯りはつかなかった。本当に写真館の息子の全さんだったのか確信が持てないまま、かすかな昂奮とけだるさを抱えて布団に転がった。父の亡霊が呼んだ暗い夢だったような気もした。それならそれで、と妙に清々しいような気分で眠りに落ちた。

次の朝、寝返りをうつと、畳の端の丸められたタオルが目に入った。茶色く変色した血の色を見て、現実だったのかと目が覚めた。午前中に起きたのはずいぶん久しぶりだった。

台所に行くと、流しの底にガラスコップがあった。父がビールを飲む時に使っていた大きなグラス。昨夜、全さんに手渡した時の感触がよみがえる。ぎゅうぎゅうにつめた氷はぬるい液体になっていた。

不良息子か、と思う。確か父より十歳ほど上だったはずなので、もう五十代後半だろう。下手すれば六十になっているかもしれない。もうジジイじゃないか。ジジイのくせに不良息子か。そう思うと、笑いがもれた。

蛇口のハンドルを勢いよくひねる。途端、ぷしりと炭酸のペットボトルを開けたような音がして、線になった水が顔を直撃した。水はそのまま鞭《むち》のようにしなり、辺り一面をないだ。慌てて水をとめようとするが、今度は蛇口の先につけていた浄水器がはじけ飛ぶ。濡れた床で滑りそうになりながら、なんとか水をとめる。

次の瞬間、けたたましくチャイムが鳴った。驚いてバランスをくずし、床に尻餅をつく。したたかに腰を打ち、動けなくなっている間もチャイムは鳴り続けた。舌打ちをしながら立ちあがる。

確信があった。玄関の引き戸を荒々しく開く。

「なんですか」

　案の定、無精髭の不良ジジイがいた。逆光の中、怪訝《けげん》な顔で私を見下ろす。

「寝汗か、それ。すごいな」

「違います。蛇口が取れて、水が飛んで、転んで。とにかく、たて込んでいるんです」

たて込んでいるんです、に力を入れて言ってやった。

「蛇口が？　大変じゃないか」

　全さんは悪びれもせずそう言うと、私を押しのけて玄関に入ってきた。軽くかがまなくては入れないくらい背が高い。ぎくりとして後ずさるが、全さんは気にした様子もなく、昨夜のように慣れた足取りで廊下を進んでいく。「台所か？」と靴下を脱ぎながら返事も待たずに台所の玉のれんを片手で払う。

「おい、蛇口ついてるじゃねえか」

「あ、浄水器ですかね」

「焦らすな、馬鹿。蛇口取れたら水とまらなくなるぞ。アタッチメントがいかれたんだな」

「アンタッチ……？」

流しに覆いかぶさる背中が広い。後ろで束ねられた白髪まじりの髪は、朝の光の中で見ると、ごわごわして荒縄のようだった。

「接続部分のこと。浄水器は問題ないだろ。よし、切替コックも動くな。近くにホームセンターかなんかあるか？」

全さんがふり返り、思わず目をそらしてしまう。

「駅前に……」

「俺も買いたいものあるし、朝飯がてら行くか」

「え……？」

「どうせなんもないだろ」と勝手に冷蔵庫をあける。そこでやっと自分が寝起きのままの姿だということに気がついた。おまけにずぶ濡れだ。

いまさら取りつくろいようもなかったので、ため息をつきながら頷く。全さんは居間へずかずか入っていき、私の敷きっぱなしの布団を踏みながら仏壇の前に立った。鈴《りん》をチンチンと打って、そのまま、どかっと布団に腰をおろす。

「あの……すみません、それ座布団じゃないので……」

布団をひっぱると、全さんはふてぶてしい猫のような態度で体を動かした。布団を隅に押しやって丸める。昼の自然光の中で見ると、部屋の荒《すさ》み具合が目立った。

「じゃあ、座布団だせよ」

どこだったかな、と頭をめぐらせる。思いだせないので「まあまた今度」と言うと、全さんはふんと鼻を鳴らしてちゃぶ台に肘をついた。

一応、麦茶をだした。ひとくち飲んで「これ、古くないか」と顔をしかめる。

「古いかも、しれませんね」

おばさんが一週間前に作っていってくれたものだということは言わずにおいた。なんとなく、隣に座る。尻餅をついた時に濡れたのか下着が冷たく張りついてくる。全さんは麦茶のコップを押しやると、私の前に腕を突きだしてきた。

「朝一番で病院いってきたぞ」

なぜか威張《いば》られた。真新しい白い包帯が眩しい。ガキ大将が宝物を見せてくるみたいな顔だな、と思ったら笑ってしまった。

「良かったですね」

昼間だということもあるのか、寝起きのせいか、昨夜のようには緊張しなかった。全さんの雰囲気も昨夜とは違った。まとわりつくような昏《くら》い影がない。昨夜の、あの妙に胸をざわつかせる空気はなんだったのだろう。怪我をしたばかりだったせいか、父の死を悼《いた》んでいたのか。

突然、全さんが立ちあがる。廊下をみしみしいわせながら玄関へと向かい、外に出ていく。

驚いて後を追うと、新聞を片手に戻ってきた。玄関脇に積まれた新聞の山に視線を走らせ、「おまえな、ちゃんと捨てるか片付けるかしないと、あっという間にゴミ屋敷になるぞ」と父親みたいな口調で言う。

廊下に立つ私の顔を見て、目尻に皺を寄せた。

「なんだ、可愛い顔しちゃって。どこにも行かねえよ」

言葉を失くした私の頭にぽんと手を置いて居間に戻っていった。心配するな。そう言われているような、雑で優しい触れ方だった。居間からカーテンを開ける音が聞こえ、畳に座る気配がした。

全さんが触れた場所にそっと手を伸ばす。髪はべったりと湿っていた。ひと呼吸おいて恥ずかしさが込みあげる。

落ち着け、と自分に言い聞かす。異性の「可愛い」なんて言葉を真に受けたら後で恥をかくだけだ。だいたい、あんなふざけたジジイは異性なんてものじゃない。

わざと足音をたてて居間に戻ると、どすんと全さんの横に座った。

「そのまま出かけるのか。シャワーでも浴びて着替えてこいよ」

あぐらをかいた全さんがちらっと新聞から顔をあげる。

「そうですね」と言いつつ、動かなかった。意識していると思われたくなくて、もう少し平静な顔を見せつけようと、なにをするでもなくそばに座り続けた。

全さんがまた顔をあげる。今度はしっかり私を見た。

「駐車場にあいつの車あったけど」

あいつというのは父のことだとわかった。父はこの男のことを慕っていたな、とぼんやり思いだした。少年が親戚の不良青年に憧れるように、目を輝かしてこの人のことを話していた。その顔を見ると、妙に鼻白んだのを憶えている。若い頃、全さんを真似て買った車もずっと使い続けていた。

「おまえ、運転できる？」

「車は無理ですね」

「免許持っていないのか」

「持っています。大学入ってすぐに取りました」

全さんは口を軽くあけたまま興味なさそうに頷いた。目が落ち着きなく動く。煙草でも欲しくなったのだろう。自分から訊いてきたくせに、とちょっと腹がたつ。私は父とは違う。父のようにあなたに憧れているわけじゃない。頭を撫でられたくらいで懐柔されたりしない。父の煙草が何箱か残っていたが、勧めずにわざと声を落として話した。

「免許証を持ってはいるのですが、運転は性格的に合わない気がするんです。教習所で公道にでる講習があるじゃないですか。あの時に気づいたんですよね。右折が異様に苦手なんですよ。ほら、右折する時って対向車線を横切らなきゃいけませんよね。私はそのタイミングがどうしてもうまくつかめませんでした」

「それで、よく実技受かったな」

「教習所では教官が横に座っていて、曲がれ曲がれほら今だ曲がれとか言うでしょう。でも、隣に誰もいなくて一人だったら、待って迷っているうちに、だんだん左でもいいんじゃないかって思ってしまう気がするんですよ。別に無理を強いてまで右に曲がらなくてもいいかもしれない。そして、左に曲がってしまい、流れに逆らえずどんどん進んで、また左に曲がって、永遠に家に帰れなくなってしまう。そんな自分の姿がありありと浮かんだんですよね」

ふと、繋《つな》がる。運転だけじゃない。私は自分からなにかしたいと強く思ったことがない。正しくは、望みのままに動いたことがない。大学は高校まで一緒だった菜月が受けるところを選んだ。教習所も菜月が通うというので行った。友人たちが話を聞いてと言えば聞くし、買い物に付き合ってと言われれば行く。けれど、自分からは誘ったり行動したりしない。私は他人が作る流れにただ乗ってきた。

でも、父を亡くしてから、私を動かす流れは止まっていた。保険や携帯電話の契約を解除することもなく、読みもしない新聞を積みあげ、父の部屋も車もそのままだ。たまに世話焼きのおばさんが掃除にきてくれるけれど、別の家庭を持つ人は私の生活を変えてはくれない。当たり前のことだ。

「そりゃあ、ずいぶんなグズだな」

全さんの呆れた声で我に返った。グズというのは愚かな図と書くあれだろうか、と考えて新聞から落ちたチラシの端に書いてみた。漢字で書くとなかなかに救いようのない感じがした。

「なにしているんだ」

「書いてみました」

ややあって、全さんが吹きだした。飛沫が私の顔に飛んで、チラシにも散った。これは唾ではなくて麦茶だ、と自分に言い聞かす。

「おまえ、牛みたいだな。のろまでマイペースだ」

目をすがめて私を見る。

「牛ですか」

傷つくべきか悩みながら視線を返す。近くで見ると、小さな皺で覆われた、かたそうな皮膚をしていた。染みもあるし、歯も黄ばんでいる。でも、笑顔にあたたかいものが滲んでいた。いや、そう錯覚させる笑顔をしていた。全体的に怪しいのに、ふいに人を油断させる。悪い人ってこういう顔で笑う気がした。

「右に曲がる理由がなきゃ曲がらなくてもいい。流される時だってある。でもな、そういう奴に限って右に曲がりたいって思った時はてこでも動かない。そういうもんだ。おまえも多分そうなんだろう」

「そうでしょうか」

「おまえ、頑固そうな顔してるよ。グズだけど、変に肝が据わってるしな。ここぞという時の自分の道は自分で決めた方がいい。右に道がなきゃ、道を作ってでも進んだ方がいい。でなきゃ、後悔することになる」

全さんはガラス戸の方へ目をやる。小さな縁側の向こうは雑草が生い繁っている。けれど、違うものを見ているような気がした。

「後悔ってできるんでしょうか？」

畳の端で舞う埃《ほこり》を見つめながらつぶやいていた。

「どういう意味だ」

「だって、右に進んで後悔できるのは左の道を知っている人だけでしょう。右に流された人には左の道が良かったかどうかなんてわからない」

かすかに電流めいたものが走った。気のせいかもしれないけれど、会話は途絶えた。しばらくして、「屁理屈だな」と全さんは新聞に目を落とした。紙との距離が遠い。老眼ってやつかな、と思う。

「風呂でもシャワーでもいいから身ぎれいにしてこい。腹がへった」

眺めていると、突き放すように言われた。

シャワーをあびると、お腹が鳴った。めかしこむのも気恥ずかしかったので、いつものようにTシャツとジーンズに着替える。眉毛だけ描いて洗面所をでると、全さんが二階から降りてきた。

「布団」と私の横を通りすぎながら言う。

「干しておいたから、飯食ったら取り込んでおけよ。あんまり長く日に当てると、熱がこもってのぼせるぞ」

半分以上残った麦茶のコップを台所に持っていく。雑な印象があったが、あんがい几帳面な人なのかもしれない。

「ありがとうございます」とつぶやくと、「行くぞ」とそっけなく返された。

駅までバスに乗った。好きなところに入れ、と言われて回転寿司を選んだ。

昼前の中途半端な時間の店内は空いていて、どことなく漂白剤めいた匂いがした。まばらに皿がのったレーンを眺めながら、「若い女はカフェとかじゃないのか」と全さんが口の端で笑った。

こんなガラの悪いジジイとカフェに行ってどうすると思いながら、緑茶のパックを湯呑みに放り込んで渡す。自分の分に熱湯をそそぎ、小皿にガリを山盛りにする。レーンの内側に「生」と声をかけると、「二つ」とつけ足しながら全さんがにやりと笑った。

「もう飲める歳か」

「先月、二十歳になりました」

「恭平は一緒に飲めなかったのか」

ぼそりと言った。

「まあ、でも、中学くらいから父の晩酌の相手をしていましたから」

運ばれてきた中ジョッキに手を伸ばす。乾杯をすべきか躊躇《ちゅうちょ》したが、特に理由がないと思いなおし口をつけた。薄いビールを喉に流し、唇の泡を舐め、中学の時を思いだす。

この人は知っているのだろうか、母のことを。

「ああ、そうだ。思いだした。恭平のやつ、大人になって変な男に酔いつぶされないように、早めに酒に慣らしておくって言ってたな」

「そんな心配、必要なかったですけどね」

母のことをなにも訊いてこない。最初から父と私だけの家族であるかのように話を進める。親戚たちと同じだ。事情を知っている人ほど、わざとらしいくらいに訊いてはこない。こんな人でも大人らしい分別があるのか。それとも、面倒だから首を突っ込みたくないだけか。

どちらにしても、どうでもいい。母は私が中学一年の時、男と出ていった。それから会っていない。母はいない。それだけだ。

プラスチックの皿がレーンの上を流れていく。イカ納豆の軍艦を取る。鉄火巻き、炙《あぶ》りサーモン、イクラ、ネギトロと次々に口に運ぶ。菜月がいたら「ひとつわけてよ」と怒られただろう。でも、全さんはなにも言わない。レーンには見向きもせず、ハマチやしめ鯖やエンガワといった高そうな皿を注文している。

えび天握りを口に入れた時だけ、「それ、うまいか」と訊かれた。

「衣が石油みたいな味がしますね。冷めてますから」

正直に答える。顔をしかめられたが、気にせずもう一貫に箸を伸ばした。

全さんは良い具合に私に無関心で、私はレーンを見つめながら黙々と食べた。すごくおいしくはないけれど、手っ取り早く空腹を満たすにはいい。黙っていても、座っているだけで食べ物が運ばれてくる安心感。それに浸かって、なにも考えず口に運び、咀嚼して、呑み込む。父の愛情はそんな感じだった。待っていれば与えてもらえたから、私は選ばずに生きてこられた。でも、これからは違う。すべて自分で取捨選択していかなくてはいけない。苦手な右折だって無理にでもしなければ、どこにも行けない。家に帰れなくなっても、もう迎えに来てくれる人はいない。

すべてを放棄して、ずっとここに座って食べていたくなった。そう思った瞬間、手がとまった。ガリをつまんで嚙み締めてみるが、なかなか飲み込めない。甘酸っぱい液体が口いっぱいにひろがる。皿をのせたレーンは延々と流れ続けている。

「もう充分か」

全さんが立ちあがる。促されるままに店を出て、会計をしてもらったことに気づいた。

「すみません、払います」と財布をだすと、「馬鹿か」と短く断られた。「あれだな」と、大型スーパーに隣接するホームセンターへ歩いていく。心持ち背を丸めた後ろ姿を追いかけた。

天井の高いだだっぴろい店内を、全さんは来たことがあるみたいにすいすいと移動した。私はカートを押しながら付き従い、全さんは買い物かごになにに使うかわからない部品を放り込んだ。トイレットペーパーや洗剤といった日用品も手に取る。

「あの」と声をかけると、「しまった」と全さんが立ち止まった。

「昼からガス屋がくる」

私の手からカートを奪い取り、レジへと向かう。「ちょっと急いでくれ」と買い物かごを半ば投げるようにレジ台に置くと、レジの小太りの眼鏡男がびくりと肩を縮めた。頼んだつもりなのだろうが、すごんだようにしか見えなかった。男は額に汗を浮かべながら必死の形相でバーコードを機械で読み取り、ご丁寧にも商品をビニール袋に入れてくれた。

恥ずかしくて離れた場所にいたのに、「おい、そんなところでなにやってる」と全さんに叫ばれる。仕方なく近づくと、「手」と顎をしゃくり私の掌《てのひら》に指輪みたいな金属の部品を置いた。

「これでいけるはずだ」

「はあ、じゃない。これ、蛇口と浄水器のアタッチメントな」

「はあ」

「あーはい」

私の間の抜けた返事を最後まで聞かずに、「じゃあな」と自動ドアから出ていく。駅のロータリーの方へと早足で進む。追いかけようとしたら、ふり返った。

「おまえ、食いすぎだから歩いて帰れ」

「え」

全さんの前方にタクシー乗り場の標識が見えた。

「心配すんな。また、夕方に迎えにいく。夕飯はもうちょっと精のつくもん食いにいくぞ。あ、布団ちゃんと取り込めよ」

あっと言う間に、背中を向けられる。

「全さん」

大きな声がでた。

「なんだ」

「あそこに住むんですか？」

一瞬、動きがとまった。全さんは顔をゆがめるみたいにして笑った。

「悪いか？」

そう言うと、タクシーに乗り込んだ。タクシーは方向転換をして、すぐに見えなくなった。私の横を通り過ぎたのに、全さんは目も合わせてくれなかった。しばらく呆然として、やっと置いていかれた事態を呑み込む。手渡された金具をポケットに突っ込む。食いすぎ？　歩いて帰れ？

「なんだよ、あのジジイ」

空を仰ぐと、強い日差しが目を刺した。街路樹が青く輝いている。虫の声が押し寄せて、夏が近いことを知った。

駅裏の喫茶店でクリームあんみつを食べて、遠回りするバスに乗った。

バスに揺られながら、なんなのだろうと思った。ずいぶんと勝手だ。急にやってきて、勝手に人を連れまわしておいて、いきなり置いて帰るなんて。

もし、同年代の男性にこんなことをされたら傷ついただろうか。いや、雑に扱われるのは慣れている。コンパに行っても私だけ質問されなかったり、電話番号を訊かれなかったりすることはしょっちゅうだ。飲み会でもいつの間にか存在を忘れられる。体は無駄にでかいのに、私の姿は男性の目には入らない。全さんは私のことをマイペースと言ったが、マイペースにならざるを得ないのだ。傷つく前に男子に興味がないふりをして、世間一般の女子枠から外れているようにふるまう。すべてをこの男子並みの体格のせいにして。

　全さんに置いていかれても、惨めさも悲しさも感じなかった。ただ、あんな大人は見たことがない。大人ってもう少し親を亡くした子供を気遣うものじゃないのだろうか。確かに、世話をやいたり気にかけてくれたりしたが、気が向いた時だけだというのがはっきりわかる。

　私を見ているようで見ていない。どこを見ているのかわからない。

　写真家なんていう芸術肌の人間ってみんなああなのだろうか。捉えどころがなくて、そのくせ妙に人懐っこくて、けれど、ときどきひやりとする目をした。人間というよりは大きな獣のような男。

　だから、刺されたのだろうか。自分のことを見て欲しいと切望する人に。厄介なトラブルに巻き込まれているのかもしれない。

　暗い夜と赤い血を思いだしてぞくりとした。

　あれは、違う世界の人間だ。

　バスが蛇行しながら小高い丘を登っていく。昔、父とハイキングにきていた山はすっかり切り開かれて、レゴブロックのような家が並ぶニュータウンになっていた。ポケットの中の金具を触りながら整然とした景色を眺める。なにも話さなくていいことに安堵している自分がいた。置いていかれたことに腹立ちはしたが、どこかでひとりになった解放感を覚えてもいた。慣れてきたのだろう、ひとりに。息を吸って、家を片付けようと思った。

家に戻り、居間を見まわす。ひどいものだった。洗濯物や雑誌が散らばり、未開封の郵便物が山になっている。ちゃぶ台は食べ物の油だか汁だかであちこち汚れて、テレビ台や棚には埃が積もっている。とりあえず黄ばんだタオルケットと枕カバーを洗濯機に放り込み、洗濯物を抱えて二階へと運んだ。

父の部屋の襖が開いていて、ぎくりとする。すぐに全さんが布団を干しにベランダに出た時に通ったのだと気づく。ベランダへは父の部屋を通らないと行けない。

洗濯物を自分の部屋に置き、少し迷って父の部屋に入った。部屋は亡くなった時からそのままにしてある。仕事机の上にはノートパソコン、ビジネス書や紀行文ばかりが並ぶすっきりした本棚。クローゼットを開けると、かすかに父の匂いがしたので、慌てて閉じた。ひんやりした畳に座り、ベランダを眺める。私の布団に陽がさんさんと降りそそいでいる。静かだった。

立ちあがり、ベランダから布団を取り込む。布団は少しだけ軽くなったような気がした。埃っぽいような太陽の匂いがする。急に眠気が襲ってきて、ふかふかの布団を抱えたまま転がる。ベランダからの風が心地好い。

遠くで自転車をこぐ音がした。飛行機の音が長く伸びて、やがてまた静かになった。

風邪で早退をした日みたいだと思った。夕方になれば父が帰ってきて、それまでこの家には私ひとりきり。きっと父は商店街のケーキ屋のプリンを買ってきてくれる。生クリームと缶詰の紅いサクランボがのった、卵味の優しいプリン。

なめらかなカスタードみたいな甘い眠りだった。よだれも垂らしている。突然、ゴゴッと排水のような音がして目が覚める。自分の鼻の音だった。よだれも垂らしていた。手の甲でぬぐったが、粘性を帯びた液体は布団にも大量に付着していた。ティッシュを探す。父の仕事机の引きだしを片っ端からあけると一番下の大きな引きだしに筒状のケースに入ったウェットティッシュを見つけた。

拭き終わって、もう一度引きだしに目をやる。缶にささった油性ペンやカッターや鋏《はさみ》、未開封のクリアファイルや手帳のレフィル、アドレス帳、雑多なものをしまっておく引きだしのようだった。父は私とは違ってきちんとしていて、机の上はなにもない状態にしておく人だった。付箋《ふせん》のついた薄い冊子を見つけ手に取る。表紙には『マンションにおける防犯知識』と書かれている。開くと、メモ用紙が落ちてきた。バツ印の下に神社や公園のそば、エントランス前の自販機、透けていないベランダの手すり、高いビルの隙間、などと書かれている。マンションでも買うつもりだったのかと考え、私が大学を卒業したら一人暮らしがしてみたいと言ったからだと気づく。娘の身を心配していたのだろう。痴漢にすら遭ったことがないのだから、案ずる必要なんてぜんぜんなかったのに、と苦笑がもれる。

他にはワインのコルク、なにかのトロフィー、分針のとれた目覚まし時計といったものも入っていた。ふと、見慣れない紺色の箱に指が触れる。ブランドもののハンカチでも入ってそうな大きさの紙箱だった。開けると、白い封筒が入っていた。折られていた口をひらいてひっくり返すと、銀色のシートにパッキングされた錠剤がでてきた。まるいオレンジ色の粒が三つ。

薬の、場ちがいに鮮やかな色に心拍数があがる。父は持病の類はなく、ときどき腰痛のために整体に通っていたくらいで健康体のはずだった。どこか悪いところがあったのだろうか。私に隠していたのかもしれない。

不安になってきて、ノートパソコンを起動させた。父のパソコンはたまに使わせてもらっていた。二十歳の誕生日には自分用のパソコンを買ってもらう約束だった。たちあがった画面に私のパスワードを打ち込む。インターネットに接続して、薬のシートに書かれていた薬剤名らしきものを入力する。検索をクリックすると、ずらりと情報が並んだ。

日がかげって部屋が急に暗くなった。パソコン画面が白く浮きあがる。

ＥＤ。目に入ってきた英文字に息がとまった。

勃起不全。持続時間。中折れに効く。男の自信回復――。

目が勝手に文字を追い、真っ白になった頭に単語がどんどん入ってくる。耐えられなくなって、画面を摑むと、思いきりパソコンを閉じた。

心臓がばくんばくんと鳴っていた。変な感じで血がめぐり、立ちあがるとよろめいた。視界が揺れている。

どうして？　なんのために？

勃起という文字と父の顔が頭の中をぐるぐるとまわっている。

嫌だ。なんで。一体、誰と。

そう思った瞬間に、引きだしの中のアドレス帳を摑んでいた。父の部屋を飛びだし、階段を駆け下りる。最後の段でつまずいて、廊下に膝をついてしまう。痛みはまるで感じない。四つん這いで居間まで行くと、仏壇の下の棚から芳名帳をひっぱりだした。

古ぼけたインターホンはなんの手ごたえもなかったので、拳でガラス戸を叩いた。

色褪せた年賀状プリントの広告ポスターを見つめながら何度も叩いた。ポスターでは晴れ着姿の家族が笑っている。ガラス戸を叩く度、昔は黒々としたカメラが並んでいた空っぽのショーウィンドウががたがたと揺れた。

やがて、薄暗い店の奥に黒い人影があらわれた。急ぐ様子もなく近づいてくると、煙草を咥えたまま戸の錠を外す。

「なんだ、もう腹へったのか」

戸が開くと同時に煙が流れた。嗅いだことのない匂いだった。焦げついた砂糖のように甘いのに、目にしみるほど煙たい。咳《せ》き込むと、全さんは首を傾けて、斜めに煙を吐いた。喉の奥で笑う。

「歩いていくか」

きびすを返すと、店の奥へ行き、すぐに戻ってきた。足元がビニールサンダルからワークブーツに変わっていた。

シャッター街になっているアーケードを抜け、川に沿って歩いた。下校中の小学生や犬の散歩をする人とすれ違った。どこを目指しているのかわからなかったので、全さんの後についていった。

一人でいられなくなって、元写真館に行ってしまったが、いざ全さんを目の前にすると、どう切りだしていいものか迷った。結局、私はむっつりと黙りこくったまま歩き、全さんも特に話題をふってこなかった。

十五分ほど経っただろうか、全さんの歩調がゆるまった。

「この川で遊んだことあるよ、おまえと。懐かしいな。こんな風にコンクリートで固められてなかったけどな」

そんな記憶はなかった。そもそも私はカナヅチだ。小学生の頃はプールの授業のたびに男子に「土管」と囃したてられた。

全さんの背中が返事を求めていた。左肩がかすかに後ろを意識しているのがわかった。

仕方なく「全さんは」と口をひらく。

「ここに帰ってくるのはいつぶりですか？」

「親父の葬式以来だな」

「父とは連絡とっていたんですか？」

「たまにだな、たまに。年に一回とか、電話したり、ふらっと会って飲んだり。まあ、その程度だ」

長い脚をぶらぶらさせながら歩く。気温が下がって、風が夕暮れの匂いを運んできた。

「どうしていまごろ帰ってきたんですか？」

「もっと早く俺に会いたかった？」

にやりと笑いながらふり返る。今はからかわれたくない。黙っていると、「いまごろ、だな、確かに」とぼそりと言った。

「俺はつくづく人の死に目に会えない人間なんだな」

「父のことなら不慮の事故でしたし」

わかってる、というように軽く頷く。

近所の噂話を思いだす。不良息子が親不孝者になった理由を。

「知ってんだろ。ボケた母親を父親に任せきりにしてたこと」

全さんの父親の死因は狭心症だった。発作が起きて息絶えるまで、認知症の母親はなにもしなかったし、死後も腐敗しだすまで遺体を放置していた。店が閉まったままなのを不審に思った近所の人が鍵を壊して中に入り、亡くなっている全さんの父親を発見した。母親は夫が死んだことを最後まで理解できなかったらしい。

知っているけれど、なにが言える。全さんの視線を感じた。試されているような気がした。

「うちだって母のことで噂されていたでしょうから」

被害者側だけど、という言葉を呑み込む。全さんはなにも言わなかった。その沈黙で確信する。この人は母のことを知っている。

「仏壇にあった恭平の写真」

恭平という言葉にぎくりとする。

「あれ、おまえが撮ったんだろ」

ぎこちなく頷く。

「あれは娘以外には見せない顔だな。いい写真だ」

娘には見せない顔もあったみたいですけど。口にはださなかったけれど、黒い感情がふつふつとわいてくる。自分を育ててくれた父だけは信じていたかったのに。

「俺が言うんだから本当だぞ」

「カメラマンですもんね」

そう言うと、笑った。

「俺と親父は馬が合わなくて、ほぼ勘当みたいなもんだったから、死に目に会えなかったことは仕方ないって思う。でもさ、遺影に使う写真がさ、若い頃のしかなくて、あれは情けなかったな。他人の写真は山ほど撮ってんのにさ」

ポケットから薄い紙をだして舐めると、指先でなにやらこねくりまわす。カチとライターの音がして、また甘ったるい煙が流れてきた。

「それでも、俺は自分のしたいことを諦めるなんて考えたこともなかった。他の生き方なんか知らないしな。おまえの言う通り、本当の意味での後悔なんて誰にもできないのかもしれないな」

黙っていると、「朝の話の続きな」とこちらを見た。

「わかってます」とつぶやくと、「そうか」と背中で答え、店につくまでもうなにも話さなかった。

全さんが連れていってくれたのは、川沿いの道をひと筋それたところの居酒屋だった。古い住宅街の中に隠れていて、年季の入った看板には「鳥」の文字しかなかった。

「お、まだあったな」

全さんは嬉しそうに暖簾《のれん》をくぐって、「ここ閉まるの早いからちょうど良かったな」と背もたれのない四角い椅子に腰を下ろした。椅子は全さんには小さすぎる感じがした。

背を丸めながら手書きのメニューを眺める全さんから目をそらして店内を見まわす。

家族連れが一組、後はカウンターに常連らしき老人が二人座っている。カウンターの中には丸坊主のおじさん、むちむちと肥えた奥さんらしき人がエプロンで手を拭きながらやってきた。

「とりあえず、生二つと鶏わさ。あ、あと釜飯作っておいてくれ」

食うだろ、というように私を見る。奥さんが行ってしまうと、「後はおまえ頼め。鍋もあるぞ」とメニューを手渡してきた。メニューといっても造りと焼きと揚げと鍋しかない。それぞれの項目に鶏の部位が書かれている。釜飯は書いていなかった。

「山賊焼きとかおまえ似合いそうだな」とメニューの向こうで全さんが笑う。

中年の男女が店に入ってくると、奥の座敷から息子らしき若い男性がエプロンをかけながらでてきた。二階が住居になっているのだろう。誰も言葉を交わさず働いている。声などかける必要のない家族の距離感。こんな彼らにも互いに言えない秘密があるのだろうか。

「なんかあったのか」

気づくと、全さんが私を見ていた。

「変な顔してるぞ」

「ブスですから」

「そうは言ってない」

「変ですか」

「ああ、昼間と違うな」

全さんの顔を正面から見た。劣化した皮膚の陰影が強くなっていた。やはり暮れてから妙に気配が濃くなる気がした。匂いたつ、という言葉が浮かんだ。なにがかは、わからない。ただ、目を合わせていると引き寄せられるような気がする。

全さんの背後に座った中年の男女が目に入った。顔を寄せ合ってメニューを見ていた。父を思いだし、目をそらす。

「どうした」

全さんがもう一度言った。

「人って見かけによらないものですね」

笑いながらつぶやいていた。我ながら変な声だと思った。ひりひりと胃に響く。

「父の書斎で見つけたんですよ」

「なにを」

「なんていうんですかね、ああいうの。ＥＤ治療薬？」

誰かがやってきて、テーブルの上に細長い湯呑みを置いた。湯気から濃厚な鶏の匂いがした。

「父は道路に飛びだした子供をかばって轢《ひ》かれたんです。優しくて、町内会でもいつも会計を押しつけられるような、ついつい貧乏くじをひいてしまう父らしい死因だと思いました。そんないい人が、あんな薬使って、こそこそセッ……」

菜月の前ではふざけて言える単語がひっかかった。唇を噛む。

「……こそこそセックスしていたなんて思いませんでしたよ」

芳名帳とアドレス帳に入っていた名刺を照らし合わせて相手を探した。一人だけ、名刺のない女の名前があった。芳名帳に書かれていた会社名も検索してみたが存在しなかった。おぼろげに覚えている。下顎のたるみはじめた黒髪の地味な女性だった。私の前で足を止め、私をじっと見つめた後、頭を下げて、一人で焼香をして帰っていった人。

あの人だと思った。

なにも気づかなかった。疑いすらしていなかった。私に隠していたということは、大っぴらにはできない関係だったのだろうか。

「結局、一緒だったんですよ」

「誰と」

「母と。どうりで憎まれ口のひとつも言わなかったはずですよね」

汚らしい。親のくせに。あんな汚いこと、知りたくなかった。気持ち悪い――

「おまえ、処女か」

低い声がした。信じがたい言葉に驚いて顔をあげると、全さんが私を覗き込んだ。

「いい人はセックスしないのか」

怖い顔をしていた。質問なのか脅迫されているのかわからない。

「馬鹿だな」

吐き捨てるように言われた。瞬きすら忘れて固まっていると、全さんと私の間にビールと皿が次々に置かれた。エプロンを着た誰かが横に立って、追加の注文を待っている。

「焼き物の、肝と皮とずり、あと手羽先」と全さんの声がした。いままでの会話を店員に聞かれたかと思うと顔をあげられなかった。

店の人が行ってしまうと、そっと湯呑みに手を伸ばした。小口ネギをちらした鶏のスープにはもう膜が張っていた。ひとくちだけすする。黒胡椒が香り、濃い旨みが舌を包んだ。こんな時じゃなかったら相当においしいんだろうな、と思った。

全さんは喉を鳴らしてビールを飲むと、割り箸を割った。不機嫌そうに鶏の刺身をつまむ。唇の色が悪い。黒ずんだ紫色をしている。その唇に薄ピンクの生肉が消えていく。しっとりと光る生々しい肉片。咀嚼するのを見つめていたら、視界がぐにゃぐにゃと歪《ゆが》みはじめた。こめかみの辺りがすうっと冷たくなっていく。

「あの」

「なんだ」

私を見る冷たい目がかすかに揺れた。

「吐きそうです」

言い終わらないうちに腕を掴まれていた。肩を抱かれ、引きずるように外に出された。目の前が真っ暗で、ちかちかした光が散る。ぬるぬるした汗が首筋をつたった。スニーカーが柔らかい草を踏んだ感触がして、私はしゃがみ込んで吐いた。どこかから水の流れる音が聞こえた。

何度も何度もえずきながら涙をだらだらと流した。涙は唾液と混じって糸をひきながら落ちていく。髪が汚れるのも厭《いと》わず吐き続けた。

その間ずっと全さんは背中を撫でてくれていた。

手慣れたその動きは父のそれによく似ていた。

3

ガードレールにもたれながら目をとじていた。

汗がひいていくにつれ、水の流れる音がはっきりしてくる。私の背後から途切れることなく聞こえてくるそれは丸みを帯びた音で、住宅街の生活音に静かに溶け込んでいった。ほんの三十分ほど前、全さんと歩いた川沿いの道を思いだす。このささやかな水の流れはあの川に繫がっているのだろうか。

このまま背中から水に落ちて川から海へと流されてしまいたいと思った。人前で吐いたことも、全さんに話してしまったことも、父の机の中で見つけたものも、すべてなかったことになればいいのに。柔らかな音をたてる水にまるごと呑まれ、流れて消えて欲しい。

けれど、金属の臭いのするガードレールは重だるい私の体をしっかりと支えていた。蚊にでも刺されたのか腕がかゆい。

どこかの家で誰かが風呂に入っているのか、ぬるい風が石鹼と湯気の香りを運んできた。目をあける。店に入った時はまだ明るかったのに、空気はもうすっかり紺色で、家々の灯りが浮きあがっている。

半分開いた店の引き戸から、丸い人影がこちらをうかがっている。エプロンが夜目にも白い。店主の奥さんのようだ。背の高い全さんが屈むようにして奥さんの手からなにか受け取る。

全さんは何度か頭を下げ、店の方をふり返りながら、ゆったりした足取りでやってきた。

「どうだ」

ぶっきらぼうな問いかけに、「あ……はい」と答えにならない返事をする。後悔と羞《しゅう》恥《ち》でぐったりはしていたが、もう気分は悪くなかった。

「中で休んでいけって言われたけど断ったからな」

頷く。髪や体から嘔吐物と汗が混じり合った酸っぱい臭いがする。

「車、呼んでもらうか？」

勢いよく首を横にふると、全さんが意地悪そうに笑った。

「ゲロまみれだもんなあ」

「まみれってほどではないです」

せっかく汗がひいたのに、羞恥でまた熱くなる。涙目で言い返しながら、Tシャツの首まわりをひっぱってみるが暗くてよく見えない。全さんのシャツも汚してしまったのではないか、と顔をあげると目が合った。

ぎくりとした拍子に後ろのガードレールに後頭部がぶつかる。

「なにやってんだ」

笑いながら、全さんが左手を差しだしてきた。袖口からのぞく白い包帯に躊躇する。右手から下がるビニール袋がガサガサと揺れた。

「ほら、つかまれ。立てるか」

「なんですか、それ」

全さんは顎をつきだすようにして首を傾《かし》げ、「ああ」と唇を動かさずに言うと、ビニール袋を私の膝の上に置いた。湿った重みの後から、じんわりと熱が伝わってくる。

「頼んでた鶏釜飯、それと手羽先かな。包んでくれたんだ」

言いながらワークパンツのポケットから掌サイズのよれた薄い袋をだし、素早く指先を動かして紙のようなものをぺろりと舐めた。なにをしたのか見定める間もなく、ライターの火が横顔を照らし、全さんがふうっと息を吐いた。焦げた砂糖のような煙が暗闇に甘く漂う。

全さんが煙草を指に挟みながら私を見下ろした。

「におい、気持ち悪いか」

穏やかな声だった。けれど、今にもどこかへ歩き去ってしまいそうで、慌てて口をひらいた。

「いま、なにしたの」

「巻いたんだよ。手巻き煙草、見たことないのか」

おいっしょ、みたいな声をもらしながら全さんがしゃがみ込む。煙がいっそう濃く匂った。父は私の前では煙草を吸わなかった。なのに、その匂いはどこか懐かしく思えた。膝の上に置かれたビニール袋を両手で抱くようにした。小さな生き物のようにあたたかい。地面に直に座った尻が生理ナプキンでむれてきたが、手の中の温もりにすがるようにして座り続けた。

「悪かったな」

息を長く吐きながら、全さんがつぶやいた。

青みがかった暗闇の中から、もっと暗い目が私を見つめていた。その目に軽蔑の色はなかった。それに気づくと、店の中で言われたことの衝撃がゆっくりとよみがえった。

全さんの目がなにかを確認するように私を探っている。「まあ、ショック受けるよな」と狎《な》れた口ぶりで言われた途端、反発心がわいた。

私が吐いたくらいで弱気になるのなら言うな。ほだされて「大丈夫です」なんて言ってやらない。ジジイのちんけな罪悪感を薄れさせてなんてやるものか。

全さんを見つめ返した。

「私、処女じゃありません」

「ああ」と、気が抜けたように全さんが頷いた。

「それは失……」

「半分だけ」

「半分ってなんだ」

「試したことはあったんですが、うまくいきませんでした」

あれは、大学に入って半年ばかり経った頃。相手は同じ基礎クラスの多田《ただ》という男子だった。私はただ、浮かれていた。めずらしく音楽の話が合って、酔った菜月の介抱をする私を「優しいね」と褒めてくれたから。えらの張った、お世辞にもかっこいいとは言えない顔も、軽薄ではない証《あかし》のように思えた。飲み会の帰りに「うち、くる?」と、ひとり暮らしのアパートに誘われ、初めてなのを確認されてから「いいよね?」と服を脱がされた。私はほとんど硬直しているといっていい状態だった。みんなでいる時は控えめだった多田が豹変したからだ。鼻息が荒くなり、「いいよね?」も確認ではなく念押しに聞こえた。私と同じくらいの体格がすごく大きく見えた。そして、嗅いだことのない汗の匂いがした。その瞬間、違う人間の体だ、と感じた。多田は眉間に皺をよせながら無理にペニスを押し込もうとしてきた。痛がると舌打ちをされた。自分の指を唾で濡らしては私の陰部に塗りたくり、「おかしいな」と苛立った声をあげる。そこに私など存在していなかった。多田には性器しか見えていないみたいだった。滑稽《こっけい》な時間は延々と続いた。多田は「おかしいな」をくり返した。額に浮いてくる汗とニキビ面を眺めているうちに、使えない物のように扱われる自分の体が惨めになってきて止めるよう懇願すると、「じゃあ口でして」と手首を掴まれた。その時はじめて私は多田のペニスを直視した。無理。口にしたか、してないかは定かではない。気がついたら、多田を突き飛ばしていた。多田は目を丸くしたままベッドから落ちた。ずいぶんゆっくりに見えた。床に仰向けになった彼の股間から突き出たものを見て、また無理と思った。服を着ていると、「俺、好きな子いるから」と訳のわからないことを告げられた。逃げるように多田のアパートを出て、明け方までかけて歩いて帰った。

後に、多田が童貞らしいと、男子たちが笑っているのを聞いた。きっと早くそれを捨てたくて、自分よりレベルが低そうな女を誘ったに違いない。あんな男にすら下に見られるのかと愕然とした。多田は私を「童貞をなくすための道具」としてしか見なかったし、自分もまったく多田が好きではなかったことに気がついた。

私は自分を見つけてくれる人なら誰でも良かった。かっこよくなくてもいい。むしろ、かっこよくない方が自分と釣り合って安心できる。そんな人に女の子として優しく扱ってもらいたかった。その顚末《てんまつ》はあまりに情けないもので、菜月にすら話すことはできなかった。

それなのに、どうして全さんに話しているのだろう、と思った。思いながらも言葉は澱《よど》みなく口からでて、私はくだらない体験をたんたんと語った。背後の水辺で蛙が鳴いて、昔見た動物番組がよぎった。異物を飲んでしまうと、蛙は口から内臓をだして洗うそうだ。なんだか、自分もそんな作業をしているように思えた。

全さんは煙草を吸いながら黙って聞き、「で、その後どうなった」と煙を吐いた。

「一度も話していません」

いまだに、多田とは互いに目も合わせない。私が同学年の男子を避けるのも、この苦い経験からだった。しかし、話し終えてみるとあまりに間抜けで力ない笑いがもれた。

「でかいのになんで穴が小さいんだよ、とか言われましたよ。あんな馬鹿みたいなこともう嫌ですね」

傷ついてはいない。これは、ただの幻滅だ。そう思えることにかすかに安堵する。

「馬鹿みたいな奴とやるからだろ」

全さんが呆れたように言った。

「やってません」

「そうだったな」

「でも、父にはちゃんと隠していました。悲しむって知ってましたから。こういうことなんて、知られたくないし、知りたくない。家族ってそういうものじゃないですか」

煙草を口の端からぶら下げて、全さんがふいをつかれた顔をした。それから、顔を歪めて笑った。

「そうだな」

低い声で、自分に言い聞かすようにもう一度言う。

「そういうもんだったな、家族ってのは。なにより感情論が優先される」

私が感情的ということか。むっとして訊き返そうとすると、全さんが目を細めて私を見た。

「恭平は駄目だな」

返事ができなかった。この人にも家族がいたことを思いだした。写真館の老夫婦だけではない。おそらく自分で作った家族もいたのかもしれない。けれど、過去形だった。家はないとも言っていた。彼の家族は壊れるか失うかして今はない気がした。全さんはまた小さく笑った。

「男は隠すのが下手なんだよ」

口の中で転がすように「許してやってくれ」とつぶやくと、全さんは私の頭に手を置いて立ちあがった。煙草を咥えたまま、また手を差しだしてくる。私は首をふって、ガードレールを摑んで立ちあがった。少しだけふらついたが、ジーンズについた土や草を払うふりをしてごまかした。

「それ、持ってやる」と、全さんがビニール袋を奪っていく。大きな背中を追いながら夜道を歩いた。アルミニウムみたいな星を見あげると、空っぽの胃の底がひりひりして、情けなさと申し訳なさが込みあげぐるぐると混ざり合った。無関係な全さんに吐きだして、ぶつけて、介抱させて、なにをやっているんだろう。甘えて、いるのだろうか。

知らず、足が止まっていた。全さんはふり返ると、なにを勘違いしたのか「うん、水分とった方がいいな」とそばの自動販売機に小銭を入れた。

「水はいいです。水にお金をだしたくありません」

「おまえ、ケチくさいな。俺の金なのに。じゃあ、緑茶か」

「炭酸が飲みたい気分です、コーラとか」

「馬鹿、ポカリにしとけ」

全さんの長い指が光るボタンを押す。思わず辺りを見まわしてしまうような音をたてて、透明のペットボトルが取りだし口に落ちる。手を伸ばし、勢いよく蓋《ふた》をひねり、口をつける。冷たい液体が喉に心地好かった。

「おい、馬鹿、飲むなよ。まず口ゆすげ、ゲロ子」と頭をはたかれる。「ゲロ子」に小さく傷ついたが、軽口に妙にほっとした。

その晩、全さんはうちで風呂に入っていった。

「おまえのゲロで汚れたんだからな」と、にやにやしながら湯を張るように要求したくせに、私を先に入らせた。

湯気に包まれながら、数年間人の住んでいない廣瀬写真館の風呂や台所のことを考えた。さすがの全さんですら使う気がしないのかもしれない。

浴室を出て、濡れた髪をバスタオルで拭きながら居間を覗いた。全さんがいない。台所からレンジの鳴る音が聞こえた。「全さん」と声をかけると、「腹、減っただろ」と返ってきた。言われてみれば空腹なような気もした。寝間着のまま、ちゃぶ台の前に座る。

全さんがやってきて、鍋敷きの上にやかんをのせた。「おまえ、やっぱり麦茶腐ってたぞ」と、鶏釜飯のおにぎりと手羽先の皿も置く。全さんが握ったのか、かたちのいびつなおにぎりからはゴボウや人参が飛びだしていた。

「ちょっと古いだけですって」

無視される。全さんはどすんとあぐらをかくと、どこから見つけてきたのか新しい海苔の袋を開封して、正方形の海苔をまるまる一枚使い、新聞紙で陶器をくるむようにぐしゃぐしゃとおにぎりを巻いた。海苔の香りが鼻をくすぐり食欲がわいた。豪快なやり方をまねる。

大きなおにぎりを頰張ると、湯で乾燥した唇が海苔に張りついて薄皮を持っていかれた。淡い血の味を感じながら、海苔を嚙みちぎる。鶏釜飯はほのかにあたたかく、生姜がきいていた。

　私たちは無言で二合分の鶏釜飯をたいらげ、手羽先をしゃぶって骨にすると、まだ熱い麦茶をやかんからコップに注いで飲んだ。腹を満たしているはずなのに、ひたすらコップで地面に穴を掘るような肉体労働をしている感じがした。

「ごちそうさま」

　こめかみの汗を拭い、腹の張りに堪えきれなくなって畳に転がる。全さんが庭に面したガラス戸を開け網戸にした。風はなく、湿気を含んだ重い夜気がなまぬるく匂っただけだった。そろそろ扇風機をださなくては。

　全さんがシャツを脱いで、Tシャツ姿になる。浅黒い、どことなく萎《しな》びた皮膚に、白い包帯が目立った。

「ここのところずっと食欲なかったんだけどな」

　顔が土気色なのは食べてないからか、と全さんの色の悪い唇を見つめた。いったんとじた唇がまたひらく。

「おまえに会ってから、なんか食えるな」

　なんと答えたらいいものかわからず、「昨日ですよ」と目をそらした。

「昨日、会ったばかりです」

「そうだったな」

全さんは頷くと、また麦茶を注いだ。私のコップも満たす。

腕の包帯の青ざめた白を眺めていると、湯で温まった下腹部がじいんと痛んだ。腰の奥がだるくなる。具合が悪くなったのは、生理中で貧血気味だったせいもあるのだろう。情緒不安定なのもきっと体調のせいだ。そう自分を納得させる。ライターの音がして、煙草の香りが流れてきた。

ふと、昨夜見た全さんの血を思いだす。私も彼も血を流していたのだ。血を失い、家族もいない二人。おかしな共通点。ゆったりと眠気が絡みついてくる。

「食べなきゃいけませんよ、怪我してるんだから」

のろのろと言うと、全さんは喉の奥で笑った。

「おまえ、俺の分まで食ってただろ」

「吐くとお腹減るんですよ」

若いな、と苦笑しながら全さんは立ちあがり浴室へ向かう。慌てて「あ」と身を起こす。

「なんだ」

「……包帯、替えましょうか」

「ああ、いい。濡れないように入る。また明日、病院に行かなきゃいけないみたいだしな」

「あの」

「なんだ」と、全さんがふり返る。

言うのがためらわれた。仕方なく、目についた自分の携帯電話を手に取り、開いたり閉じたりした。

「連絡先、教えてください」

ぱくん、ぱくん、と間抜けな音でごまかしながら「写真館、もう電話とまってますよね」と、全さんを見る。

「ない」

「へ」

「壊された」と、全さんは片膝をあげて叩き折る仕草をした。

「誰に」

「女にだよ」

へらへらと笑い、呆気に取られているうちに背中を向けられてしまった。浴室の戸が閉まる音がして、すぐに盛大な水音が聞こえてくる。

立ちあがると、二階へ行った。眠気が吹き飛んでいた。自分の部屋に入れた布団を抱えあげると、まだ埃っぽい太陽の匂いがした。父の部屋を見ないようにして階下に戻る。

本当は全さんに父の部屋を使ってもらいたかった。今晩くらいは父の部屋の暗い空洞を埋めて欲しかった。けれど、自分から泊まってとは言えない。連絡先すら教えてもらえなかったのだ。もう自分からなにかを言う勇気はない。

自分の布団を居間に敷き、仏壇に背を向けて寝転がっていると、石鹼の香りを漂わせた全さんが風呂からあがってきた。立ったまま麦茶を飲みながら、「おい、髪、乾かせよ」と細かいことを言う。寝たふりをしていると、肩を揺すられた。

「ほら、俺、帰るからな。ちゃんと鍵をかけろ」

わざとだるそうに起きあがる。全さんは座りもせず、さっさと玄関へと向かう。ついていくと、使用済みのバスタオルを渡された。なまあたたかく湿っている。思わず顔をしかめる。

「洗って返すのが礼儀じゃないですか」

「電気も水道も止まってるんだ。悪いな」

「え」と声がでたが、全さんは「おやすみ」と口の端で笑い、躊躇なく夜にまぎれてしまった。

たてつけの悪い引き戸を閉めると、急に静かになった。

鍵をかける音が古い家にかたく響いた。


めずらしく自力で起きた。外から登校する子供たちの声が聞こえ、少し誇らしくなる。

全さんに起こされる前に身支度を済ましたのに、そんな日に限って全さんはやってこない。

別に約束をしていたわけではないのだからいい。ノートや筆記用具をリュックにしまい、麦茶を飲んで家を出る。冷蔵庫には食べられるものがろくにない。買い物に行かなくてはいけない。

庭木の根元に白い花がたくさん散っていた。確かナツツバキだったか。父が好きな花だった。毎年、夏が本番になる前に花の頃が終わっていた記憶があるので、枯れたわけではなさそうだ。とはいえ、手入れ方法がわからない。雑草も茂ってきている。やることがいっぱいだ。

ため息をつきながらガレージから自転車をだしていると、廣瀬写真館の前に白いライトバンが停まった。黒っぽい窓ガラスに朝の透明な日差しが照り返る。ドアが開き、シヨートヘアの女性がひらりと降りた。ぴったりした黒いパンツに、袖を折った白いシャツをラフに着ている。まっすぐに廣瀬写真館の入り口へと向かう。顔は見えなかったが、俊敏な身のこなしで若い女性だとわかった。後頭部のかたちが良い。女性は呼び鈴が壊れているのに気づくと、ガラス戸を叩きはじめた。

「すみませんー。おはようございますー」

凛とした、よく通る声だった。否応なく耳に入ってくる。

突然、女性がふり返った。驚いて、自転車を発進させる。ぐらぐらと揺れる前輪を操りながら必死にペダルを踏んだ。一瞬だけ合った女性の強い目がこちらをじっと見ている気がした。

全さんの携帯電話を破壊し、怪我を負わせた女性だろうか。確かに、気が強そうには見えた。でも、携帯電話のことは全さんの虚言の可能性もある。一応、有名な写真家みたいだから、安易には番号を教えないようにしているのかもしれない。

あれこれ考えていると、すぐに駅に着いた。コンビニでパンを買い、遅めの通勤電車に乗った。大学生らしき若い子も車内には多くいた。みんな本や教科書をひらいていた。テスト期間中なのだ。私は肩をすくめてリュックを背負い直した。

そこまではよかった。

けれど、大学の最寄り駅の改札を出たところで私の足は動かなくなった。

同じ電車に乗っていた人が次々に私を追い越していき、次の電車で運ばれてきた一群も去っていった。やがて、降りる人の数も減ってきて、スーツ姿の人はほとんどいなくなった。誰か友達の女の子が声をかけてくれれば、という淡い期待は実らず、時間だけが過ぎていく。

暑さによるものとは違うねばついた汗が背中や脇ににじんでくる。めまいがしてきて、日陰になっている植え込みの縁石に腰かけた。

もうすぐテストの時間が終わる。今日は必修科目の英語のテストの日だった。落とした。前期はまだひとつも単位を取っていない。ゼミのレポートも提出していない。留年したら就職もできないだろう。父の貯金もいつかは尽きる。そうしたら、孤独死だ。もう駄目だ。こうやってずるずると人生が狂っていくんだ。

恐怖で頭を抱えていると、「柏木さん」と耳慣れない声がした。

目の前に、チノパンを穿《は》いた、長く、棒のようにまっすぐな脚があった。肉付きの薄い体、その上に眩しそうに目を細める白い綺麗な顔があった。

「バ」

言いかけて、慌てて口をつぐむ。

「馬場《ばば》じゃないよ、里見《さとみ》」

知ってはいた。けれど、こんな近くで見たこともなかったし、もちろん話したこともなかった。里見は学部では有名な美形で、入学早々に女子たちの間で「王子」ともちきりだった。私と菜月は「バンビ」と呼んでいた。折れそうに細い体と、大きな目、なにより彼には未成熟な雰囲気があった。整った顔をしていても女子ではなく、かといって男子と言い切ってしまうには繊細すぎる気がした。

そんな「王子」がいったいなんの用だろう。宗教勧誘くらいしか浮かばない。

「おれ、馬場と似てるかなあ」

いやいやぜんぜんごめんごめん、と早口で言った。自分は汗みどろでひどい顔をしている気がした。恥ずかしくて顔をあげられない。

里見は気分を害した様子もなく、「柏木さんもするの?」と涼しい声で言った。

里見のシャープな顎が示す方を見ると、ロータリーの横にひさしの突きでたバスが停まっていた。白い車体に赤い十字。「献血」の立て看板が目に入る。着ぐるみのマスコットキャラクターが左右に揺れながら通行人に手をふっている。

「一緒にいく？」

「いやいやいや」

「なんで」

邪気のない目で見下ろしてくる。献血勧誘だったか。でも、生理中で貧血気味だから、とはさすがに言えない。

「血はあげない主義で」

焦って変なことを言ってしまった。里見は、ふ、と唇だけで笑うと、「柏木さんはお人好しだと思ったんだけどな」と行ってしまった。

里見のモデルのような後ろ姿が小さくなり、マスコットキャラクターに歓迎するように肩を叩かれているのを見てやっと、小馬鹿にされたのだと我に返る。見た目はいいが性格が悪いという噂を思いだす。

帰ろうと、腰をあげかけて、私のリュックの上に帆布《はんぷ》のトートバッグが置かれているのに気づいた。いつの間に。そういえば、手ぶらで歩いていった。

知るか、とリュックを取る。でも、盗まれたら後味が悪いし、恨まれるのも面倒だ。

仕方なく座り直し、しゃくだったので地面に横たわったトートバッグの上に自分のリュックをのせた。ちょっと格好いいからって調子に乗るなよ。

しばらくして里見は片肘を曲げたまま戻ってきた。私の姿を認め、「ああ、やっぱりお人好しだ」と笑い、下敷きになった自分のトートバッグを見て「そうでもないか」と目をすがめた。「辞書、重いんだよね」と弁解するように言う。

「見てくれて、ありがとう」

飾らない言葉に親近感がわいた。

「さぼり？」と期待を込めて訊いたが、「一限だけだったから帰るとこ」と救いのない答えが返ってきた。できていないのは自分だけだ、とまた気が重くなる。

三十センチほど間をあけて里見が隣に腰かける。なんだろう、とまた落ち着かなくなる。誰かと待ち合わせでもしているのだろうか。この微妙な距離は私と知り合いだと思われたくないからじゃないのか。

なら立ち去ろうと腰を浮かすと、里見の腕の内側に白い脱脂綿がちらりと見えた。消毒液の匂いがしたような気がした。

「献血、よくするの？」

「まあ定期的に」と里見は答え、「でも、おれのは人助けじゃないよ」と長めの前髪に触れた。空を見上げる。

天気が良かった。雲ひとつない青い空に飛行機雲が線を描いている。色素の薄い茶色い目がそれを瞬きもせず見つめている。睫毛《まつげ》が長い。きっと私よりずっと長い。目を伏せると、「あげる」と紙パックのオレンジジュースをくれた。紙パックはあまり冷たくなかった。「なんで」と言いつつ、さっそくストローを刺す。案の定、ぬるかったが、喉がからからだったのでひと息に吸いあげた。

「なんか、それぬるかったから」

「う」とストローから口を離す。ずごごっと紙パックが鳴った。

「嘘。柏木さんホームレスみたいだし恵んでみた」

どっちにしても性格が良くないことは間違いなさそうだ。

「まあ、いずれそうなるかもね」

やさぐれ気味に言うと、里見は興味なさそうに「そうなの？」とだけ言った。気まずくなり、「パンいる？」とリュックに手を伸ばす。断られると思ったのに、里見は「ホームレス予備軍の人にもらうパンか」と受け取った。「で、どうしたの」とコロッケパンの袋をあける。

「語学、落としちゃってさ」

「ふうん、寝坊？」

「いや、なんか行けなくなって」

言葉が続かなくなった。「でも留年は嫌だな。怖い」とつぶやく。

「怖い？　なにが？　みんなに後れを取るのが？　足並み合わせられないと劣ってるみたいだもんね」

やっぱり嫌な奴だと思った。でも、外れてはいなかったし、からかわれてもいなかった。言葉がまっすぐなのだと感じた。良くも悪くも。

「それもあるけど、このまま動けなくなるのが怖い」

「別に語学なんて再履修すればいいんじゃないの」

「できるの？」

「できるでしょ。それか、いっそ休学しちゃうとか。親とかが許してくれるなら」

里見は長い脚を無防備に伸ばしながらこともなげに言った。親はもういない、という言葉を呑み込む。

「休学って、留年と一緒じゃない」

「違うよ」

里見がこっちを向く。そっけない口調の割には優しい顔をしていた。そう見えるだけか。顔の良い人間は得だなと羨ましくなった。否定的な感情を持たれにくい気がする。

「休むと決めてしまえば、行けないんじゃなくて、行かない、になる。自分で選んだって思えばぜんぜん違うよ」

アスファルトの灼ける臭いがした。気がつくと、日陰はずいぶん狭くなっていた。里見が目を細めて太陽を仰ぐ。言いかけた言葉は、「フジ!」という甲高《かんだか》い声にさえぎられた。びくっと体が動いてしまう。

菜月が両手をふりながら走ってくる。その後ろに女の子たちの集団が見えた。彼女たちの笑顔や歓声が、懐かしいけれど遠いものに思えた。慌てて立ちあがるも、うまく反応できない。今まで自分はどんな声で、どんな顔で彼女たちに相対していただろう。

す、と猫のようなひそやかさで里見がそばを離れた。トートバッグを拾い、肩にかけ、背を丸めて去っていく。視界の隅で捉えながら、里見がいつもひとりでいることを思いだした。群れるのは嫌い、という風情で、誰が飲み会に誘っても来なかった。

「フジ、どうしたの? むっちゃ久しぶり!」

菜月が私に抱きつく。暑さなどものともしない勢いだ。

「今いたのバンビじゃないの。もしかして一緒にいた?」

「まさか」と即座に否定して、「たまたま隣に座っていただけ」と慎重になんでもない顔を作った。美形の男子に話しかけられて浮かれているように思われたくなかった。

「えー、でもなんか話してなかった?」

「ジュースとパンを交換したから」

菜月が目をむいて「なにそれ、変なの」と笑った。「ちょっとちょっと聞いてよ」と他の子を手招きする。愛想笑いを浮かべながら、里見が去った方を横目で見たが、もう人にまぎれて消えていた。

菜月たちとファミレスに行ったが、エスカレーターに乗り遅れるように会話についていけない。ずっと家にいたせいで適応能力が明らかに低下している。しばらくじたばたしたが、すぐに疲れてしまった。また連絡するからと先に帰り、電車を降りるとスーパーに寄った。

色鮮やかな野菜や果物を眺め、時間をかけて食料品の棚を歩きまわった。食べたいと感じたものを買い物籠に入れていくと、少しずつ気分が晴れてきた。里見の言う通りだった。こんな小さなことでも、選択することは活力になる。

里見とはわずかな時間だったが、男とか女とか意識せずに言葉を交わせた気がした。自転車の籠では足りず、ビニール袋をハンドルから下げて家路についた。家々から夕《ゆう》餉《げ》の匂いが漂ってきたが、まだ日は高い。強烈な西日が首筋を刺す。スピードをあげてぐんぐんと自転車を漕いだ。

もうすぐ家というところで、木陰から棒のようなものがにゅっと突きでた。日傘だ、と気づいた瞬間、視界を塞《ふさ》ぐようにひらいた。急いでブレーキをかける。

前輪が耳障りな音をたて、日傘が道路に転がった。

自転車を飛び降りると、ハンドルに下げていたビニール袋が嫌な音をたてて落ちた。声をあげそうになったが、こらえて日傘を拾う。

よく茂った夾竹桃《きょうちくとう》の紅い花の下で、女の人が肩を縮めていた。「すみません」と頭を下げると、サングラスをそっと外した。薄いベージュのシャツワンピースを着た、小柄な、可愛らしい印象の人だった。四十代前半くらいか。

「いいえ、こちらこそごめんなさい」

女の人は柔らかな声で言った。ブランドもののハンドバッグも控えめなアクセサリーもすべてが品が良く高価そうだった。自分が小学生だったら参観日にこういうお母さんが来たら自慢だろうな。そんなことを思いながら日傘を渡す。

女の人に問題はなさそうだったので、自転車に戻りビニール袋の中を確認する。パックの中で卵が半分近く割れていた。思わず情けない声がもれる。

「あのう」

すぐ近くで声がして、またビニール袋を落としそうになる。いつの間にか、女の人が寄り添うようにして横に立っていた。ヒールを履いているのに足音がまるでしなかった。物静かな雰囲気が幽霊を彷彿《ほうふつ》とさせて、急に怖くなる。

「は、はい、なんでしょう」

「この辺りの方？」

女の人はゆったりと話した。「はい」と頷くと、全さんの家を指した。

「廣瀬写真館ってあそこで間違いない？」

模型のようなベージュピンクの爪が西日につやつやと光っていた。

「そうです。もうやっていませんけど」

朝に見た白いライトバンはなかった。看板は錆《さ》び、ガラスはくすんで、明らかに廃屋といった感じがする。

「ありがとう」と、女の人は微笑んだ。サングラスをかけると日傘をひらき、小さく会釈して廣瀬写真館と別の方向へ歩いていった。軽やかで楽しげで、いまにも踊りだしそうな足取りだった。

女の人の後ろ姿から目をそらし、自転車をひいて家まで帰る。

玄関を開けると、小さな紙片が舞い落ちた。ボールペンの殴り書きで、商店街にあるお好み焼き屋の店名が書かれている。時間を見ると、十九時とあった。あと、三十分もない。

冷蔵庫に食材を詰め込み、割れた卵の中身をボウルに移す。殻の破片も入った感触がしたが気のせいということにする。夕飯で使ってしまいたかったのに。

電話番号も教えてくれない身勝手な全さんに腹がたったが、すぐに家を出ると全速力で商店街を目指して自転車を漕いだ。人を待たすということが苦手だ。

店に入ると、全さんがこっちだと言うように片手をあげた。

「時間通りだな」

肩で息をしながら座り、全さんのお冷をひと息に飲み干す。音をたててグラスを置くと、鉄板の向こうから瓶ビールを注いでくれた。店員が慌てたようにビールグラスと水を持ってくる。

勧められるままにビールを飲んで、「あのですね」と切りだす。

「夕飯の買い物してきたんですよ。急に呼びだされても困ります」

「じゃあ、帰るか」

頬杖をつきながら全さんがまたビールを注ぎ足す。

「いえ、お店に失礼ですし食べて帰ります。その代わり、朝に卵を消化しにきてください。たくさん割れたんです」

全さんは喉の奥でくっくっと笑いながら、「オムレツがいい」と言った。

「あんがい可愛らしいですね」

「よく言われる。そうだ、悪いが、今夜も風呂貸してくれ」

ちょっと考えたが、気になっていたことを訊く。

「あの、布団とかあるんですか。ええと、あそこに」

「ああ、あるにはあったが黴臭《かび》くて寝れたもんじゃなかったから寝袋を使っている」

メニューに手を伸ばしながら、「父の部屋で寝てもいいですよ」とさりげなく言ってみる。ラミネート加工された表面が油でべたついていた。

「いや、ミキが持ってきてくれるみたいだから大丈夫だ」

ミキとは彼女だろうか。安堵とも落胆ともつかない萎《な》えた気分が胸にひろがる。

食べることに集中しようと思い、隣の二人組の若い女性のテーブルを盗み見た。お好み焼きを二枚頼んで、それぞれで食べている。

「どうした」

「ああいうのはもったいないですか。せっかく二人なんだしいろいろ食べたいです」

「おう、好きに頼め」と全さんが歯を見せて笑う。枝豆の椀が置かれた。瓶ビールもう一本、と全さんが店員に空の瓶を渡した。

「とりあえず、すぐくるゲソを頼んで、キムチと炒めてもらおうかな。あ、そしたら、キムチ焼きそばじゃなくて牛すじにしなきゃ。でも、牛すじは一品で頼んで、お好み焼きにトッピングしてもいいですよね。お好み焼きは豚玉かな、うーん、でも餅明太チーズも食べたい。全さん、どれくらい食べられますか、ウインナーも焼きますよね」

悩んでいると、「元気でたみたいだな」と全さんが言った。

「そうですか」

「いいことあったか」

にやりと下卑た笑いを浮かべる。一瞬、里見のことがよぎったが「ひとりじゃないお好み焼きにテンションあがっているだけです」と店員を呼んだ。

注文を終えると、「おまえ、ひとりで外食できるの」と全さんが私を見た。

「父が出張でいない日とかありましたから」

オレンジ色の錠剤を思いだし、「本当に出張だったかわからないですけどね」と低くつぶやいた。全さんはなにも言わなかった。沈黙にばつが悪くなり、自分は嫌味な性格だな、と思った。

「そういうとこ、いいな」

「は」

「ひとりで飯も食えない女なんて厄介なもんだよ」

一瞬、意味をはかりかねて、話をそらされたのだと気づく。さりげなく褒めて気を散らし、面倒な会話から逃れようとしている気がした。なんだか丸め込まれたようで面白くない。

反撃するように「そういえば、全さんの家のまわりで女の人を見かけましたよ、二人も」とからかう。

「へえ、美人だったか」

全さんは動じない。

「タイプは違うけど、二人ともきれいでした。どっちが刺した方なんでしょうかね」

「刺されたのが一回だなんて言ったか？　両方かもしれないぞ」

「最低ですね」と言ったのと同時に、隣の席の女性が弾けるように笑った。

派手な感じの美人が、涙目になりながら可笑《おか》しくて仕方ないというように腹を押さえている。前屈みになった背中にブラジャーの線が浮き、短いTシャツと腰穿きジーンズの間に素肌が見えた。全さんの目がちらっと動く。

同じTシャツとジーンズでも、私とはまったく違う。私のTシャツは高校の頃から着ている首まわりが伸びきったものだし、ジーンズだって男物を穿いているのでだぶだぶのラインだ。おまけに、私は真夏でもTシャツの下にはキャミソールを着ている。その裾をパンツの中に入れないとお腹を壊す。へそだしなんて絶対にできない。美人には内臓の出来から負けている。

「いっぱい泣かせてきたからなあ、可哀そうなことしたよ」

ふざけた口調で全さんが言う。軽薄な笑い。店員がやってきて、ちりとりのような銀の器具からゲソ炒めを鉄板に移す。イカの表面が爆《は》ぜ、煙と共に芳ばしい匂いが散った。

「ださい」と私は箸を割った。

「可哀そうとか、そういうのださいですよ。思ってもいないくせに」

なんだか腹がたった。「私だったら忘れて欲しいし、忘れますね」

人と付き合ったこともないのに偉そうに言ってしまい、恥ずかしくなって早口でつけ足す。

「そうやって心配するふりをしなくても、みんな全さんのことなんて忘れますよ」

「そうだな」

しわがれた声だった。ぎょっとして箸が止まる。

「すぐ忘れられるんだろうな」

皺が深くなり、急に老いたようだった。それなのに、目の奥はぎらぎらしていた。炎とも光ともいえない暗い輝きのせいで目が落ち窪んで見える。

全さんがビールをあおった。肩を落とし、演技めいた悲しみに沈んでいるようで、凶暴ななにかに転化しそうでもあって胸がざわめいた。

「失礼しまーす」と若い男性店員が焼きそばを作りはじめた。キムチの焦げる甘酸っぱい匂いが不穏な空気を払拭していく。

「おい、食え」と、全さんがイカの足を私の皿に入れた。

いただきます、もそこそこに口に運ぶ。奥歯で嚙んだイカはもうかたくなりだしていて、私は歯茎にぐっと力を込めた。

若かった私は、人間の執着というものの凄まじさをまだ知らなかった。

4

あの夏、こんなことがあった。

私たちはうだるような暑さを逃れ、近所の老夫婦がやっている定食屋で遅い昼食をとっていた。エアコンの効きが悪い店で、しじゅう扇風機の唸りが響いていた。私と全さんの間にはビール瓶があって、プラスチックの小皿に盛られた人工的な色の漬物が扇風機の風でひからびていくのを眺めていた。

全さんは泡のたつグラスを傾けるだけで、ほとんど食べなかった。

私ばかりに勧めた。大盛のご飯に味噌汁、茄子の煮物や生姜焼きなんかを汗だくで平らげていく私の向かいで、億劫《おっくう》そうに冷ややっこをつついていた。角が少しだけ欠けた豆腐がいつまでもそのままなのが気になった。

「女って嘘つきだよなあ」

煙草のけむりを吐きながら全さんは言った。吸いながら、もう次の煙草を巻いている。

ブラウン管テレビから甲子園のバットの澄んだ音がして歓声があふれでた。日に焼けた球児たちの後ろに、ふくれあがった入道雲が見えた気がした。

連日の熱帯夜のせいでひどく眠たかった。いつもの女自慢かと、咀嚼しながらおざなりに頷く。

「女ってさ、いつも想ってます、とか言うけど、いつもなわけないよな。たまにだろ。なのに、本当のことは隠して、いつもなんて言うんだよ」

全さんは記憶をたぐるように、ぽつ、ぽつと話した。ふだんはいいかげんなくせに、ときどき変に感傷的になった。そういう時、いつも目の前にいる私を透かしてどこか遠くを見ていた。

「私はそんなこと言いませんけど」

「おまえはな」

薄く笑ってビールを注いでくれる。けれど、やはり違うところを見ていた。

「当たり前ですよ。いつもって、うんこしている時に想われたいですか」

悔しくて、こちらを見て欲しくて、憎まれ口を叩いた。

「おまえ、食事中にうんことか言っちゃうの」

全さんが笑う。黄ばんだ歯が見える。「いいよ、うんこしてる時に想ってくれても。大歓迎」と、私をからかいだした彼から目をそらして外を見る。容赦ない日差しが商店街の輪郭を溶かしていた。首すじを汗がつたった感触がした。

「そっちがなまぐさい話をしてくるからじゃないですか」

怒ったふりをして茶碗で顔を隠しながらご飯をかき込む。本当はすこし、傷ついていた。全さんはいつも誰かの存在を匂わせた。そのたび、胸がざわついて、小さく切りつけられる。傷ついたと言えば、鬱陶《うっとう》しがられる気がしたから、私は怒ったふりをした。

「いつも、とかいらないんだけどな」

ぼそりと、聞こえた。どんな顔をしてそうつぶやいたのか知らない。見なくてよかった気もするし、見てもなにも変わらなかった気もする。

ただ、その時、思った。

そんなことを考えるのは、「いつも」を求めたことがあったからではないのか。自分ではない他人に、手に入らないものを求めて、かなわないと知ったことがあったのだろうかと。

問いかけても、もう言葉は返ってこない。軽口も、なにも。

他愛ない、昼下がりのひととき。あれがいつのことだったか、正確な日付は覚えていない。夏はひと塊の記憶だ。

日が暮れて、やっと一息つけても、朝にはまた眩しい太陽が昇り、灼熱の空気に呑み込まれる。そんな日々が永遠に続くと思っていた。

けれど、時間を留めておくことはできない。思い出に浸るこの時間も、数秒後には過去になる。そして、どんなに詳細に思いだしてみても、記憶が現実になることはなく、過ぎた時間を追いかけているだけにすぎない。

鞄から写真集の入った茶封筒を取りだし、ベッドに置く。立ちあがろうとするが、できない。立ちあがり、自分ひとりのために簡単な夕飯を作り、風呂に入って、明日の仕事に備えて眠らなくてはいけないのに。

こんな風に過去の夏がよみがえるのは、この写真集のせいだってわかっているのに、捨てることもできない。

腕を伸ばしてエアコンを入れ、ふと、気づく。

あのひとは忘れられるのをなにより恐れていた。

＊

人がまばらな構内を、建物の影をつないで歩く。

まだ蝉も鳴きはじめたばかりだというのに、存分な太陽光が降りそそいでくる。眼球を刺し、視界を眩ませる。植木の影から掲示板の影へと飛んだところで視線を感じた。

図書館前のベンチからこちらを見ている人がいる。バランスのとれた華奢な体。里見だった。細長い脚に肘をつき、顎の下で手を組んだまま、目をそらす気配がない。それどころか凝視されている。いや、睨《にら》まれているのかもしれない。

無視するわけにもいかず、おそるおそる近づくと、里見は座ったまま私を見上げた。梢の緑が里見の顔や首筋に濃い影を落とし、そのぶん肌の白さが強調されている。

「やっぱり、柏木さんか。変な歩き方してる人がいると思った」

「暑いから影を歩いていたんだけど……ええと、私なんか気に障ることをしたでしょうか……」

「ちがうちがう」と里見はあくびをしながら伸びた。

「おれ、目が悪いんだ。睨んでない」

座れとも言われなかったので、目尻の涙をこする里見を見下ろす。

「眉毛と目の間がさ」

里見が上目遣いでこちらを見た。顎が細くて、嫌になるくらい綺麗だ。

「すごく狭いよね。だから、目を凝らしていると睨んでいるみたいに見えるのかも」

「ああ、神経質そうって言われてるみたいだしね」

里見は口の端で笑いながら横に置いた本を手に取った。全さんもよくこういう皮肉っぽい笑い方をするなあ、と思う。里見が老成しているのか、全さんが幼いのか。

「ごめん、じろじろ観察して」

「観察」

ははっと笑った。今度は大学生の男子らしい軽やかな笑い声だった。

「疲れているときとか我ながら怖いもんな。目とか落ちくぼんで」と片手で目頭を揉む。

「図書館？」と問うと、「そ、冷房強くて、いったん避難」と本のページをめくりはじめた。

しばらく里見のつむじを見つめて、立ち去ろうとすると「来れたんだね」と言われた。

里見は本から顔をあげなかったが、私の反応を窺《うかが》っているのを感じた。

「いつでも休めると思ったら、今じゃなくてもいいかなって気分になって。事情を話したらレポートも期限を延ばしてもらえたから」

「事情って？」

「父が死んだ。うちは父と二人だったから、まあ、いろいろあって」

里見がちらっと私を見た。父が死んだ、と私はもう一度、心の中でつぶやいた。こうやって言葉にするたび、父は過去になっていくのだと思った。頭上でさわさわと葉が揺れた。雲が流れて、影がいっそう濃くなった気がした。

「ゼミの先生に、そういうことは早く言いなさいって叱られたよ」

急に居心地が悪くなって、短く笑う。

「違うな、困られた。まあ、困るよね」

「そいつの勝手だ」

ふいに里見が言った。外見に似合わぬ低い声で。

「困るのはそいつの勝手だから、柏木は気にしなくていい」

驚いて、それからゆっくりと居心地の悪さが消えていった。心配も同情もしない里見がありがたかった。

「事実を言葉にするのはしんどい」

里見が言った。一語一語、自分に確認するように。記憶を反芻《はんすう》しているようにも見えた。

「言葉にしてしまったら、それを受け入れないといけなくなるんだから。早いも遅いもない。柏木が口にしたいタイミングでいいんだよ」

返事はしなかった。しなくてもいい空気があった。いつの間にか「柏木さん」から「柏木」になっていることに気づき、対等になれたようで嬉しくなる。そうか、里見は同じ目線で話してくれるから居心地がいいんだ。

構内は静かだった。人が少なくて良かった、と思った。知っている女の子たちがいたら、私は愛想笑いを浮かべてしまっただろうから。里見は本に目を落としたままだった。おかげで、どんな顔でいようと私は自由だった。

木々の葉が青々と輝いていた。影が動いて、背中に熱い太陽を感じた。遠くで誰かの笑い声がした。里見の茶色い髪をゆるやかな風が撫でていく。あちこち汚れた私のスニーカーの、片方の紐が解《ほど》けかかっている。そのそばで、蟻の群れがなにかを運んでいた。世界がぐるりと自分のまわりにあった。そこに父がいないことを私の体はもう理解していた。いつか、私も里見もこの世界から消える。そう思うと、なだらかな気分になった。静かな水面にぽっかりと浮いているような心持ちだった。

「なんか、ありがと」

声をかけると、里見はページをめくりながら片手をひらひらとふった。もう行け、というように。他の男子にされたら傷つくであろうしぐさが、里見だと気遣いに感じられた。ありがと、と口にださずまた思った。

少し離れてからふり返ると、もうベンチに彼の姿はなく、木漏れ日がまっすぐな線を描いて地面に落ちていた。

西日に目を細めながら家に帰ると、門扉が軽く開いていた。

自転車を降りてそっと覗く。庭木の間から、玄関の前に座る全さんが見えた。脚を投げだし、白髪まじりの蓬髪《ほうはつ》を掻きながらふてくされた顔をしている。父より年上のいい大人のくせに、見捨てられた子供のような雰囲気があった。

前輪が触れて、門扉が軋んだ音をたてる。はっと顔をあげた全さんの、猛禽《もうきん》類を思わせる目が私を射抜いた。後ずさりかけた腰に自転車のサドルがぶつかる。どんなに慣れても、全さんの視線は私をひるませる。ここは私の家なのに、彼の許可がなくては足を踏み入れてはいけない場所のような気分になる。

「おい。藪蚊がすごいぞ、ここ」

　全さんがわざとらしく腕や太腿をばちんばちん叩きながら声をあげる。くしゃりと寄った目尻の皺に、緊張がゆるむ。この人の笑い顔はずるいくらい優しい。

　黙ったままの私に耐えかねて、全さんが「こら、聞いてんのか」と立ちあがった。広い胸板に目がいく。ふいに飛びつきたくなり、そんな衝動がわいたことに狼狽《ろうばい》して目をそらす。

「こんなところで待ってなくても」

　声をかけるつもりでした、の代わりに「暇なんですか」と呆れた口調で言ってしまう。

「シャワー借りたかったんだよ」

　廣瀬写真館に目を遣《や》る。色褪せたポスターとくすんだガラス戸の奥は暗く、相変わらず人の気配がない。

「少し片付けたら汗かいた」

　全さんはぶっきらぼうに言うと、無精髭だらけの顎を掻いた。リュックのポケットからムヒを取りだし渡す。

「おまえ、こんなの持ち歩いてるのか。心配性のばあちゃんかよ」

「じゃあ、使わなくていいですよ」

「おまえさあ、ムヒじゃなくて、リップでも塗れよ」

頭を摑もうとしてくる大きな手を払いのける。

「リップなんて冬のもんでしょ」

「だめだ、こいつ。中学生でももうちょっと色気づいてるぞ」と大声で笑う。うるさいと一喝すると、いきなり真顔になり、ぬうっと手を伸ばして自転車のハンドルを摑んできた。一緒に手も握られ、驚いて飛びのく。

「煙草、切れてんだよ。チャリ借りるぞ」

「シャワーは?」

「後でいい」

私の自転車にまたがり、猫背でこぎだす。膝が交互に右、左、と突きでて窮屈そうだ。既視感を覚え、小さい頃に持っていた自転車に乗るぜんまい式のゴリラの玩具に似ているのだと気づき、吹きだしてしまう。耳障りな音をたてて自転車が止まった。

「おまえも乗れ」と、ふり返って顎をしゃくる。

「飯まだだろ、ついでに行くぞ」

「汗臭いおっさんと二人乗りですか」

動揺を隠して嫌そうな顔を作る。

「照れるな。二人乗りとかしたことないんだろ」

ちゃかす全さんを無視して、リアキャリアに横座りする。

「重いとか言わないでくださいよ。ブレーキはじわじわかけるとうるさいので一気に握ってください。あと、安全運転でお願いします」

「ごちゃごちゃ言ってないでちゃんとつかまれ」

腰に手をまわすのは恥ずかしかったのでベルトを掴んだ。最初はぐらぐらしていた自転車はやがてなめらかに走りだした。見慣れた近所の景色が流れていく。他人に体を預けて見る町内は奇妙に真新しくて違う町のようだった。

歩道から車道に降りる。段差で体が揺れて、全さんの背中に頬と肩がぶつかった。思った以上に骨ばった、かたい背中だった。デニムのシャツからは体育館のマットレスみたいな臭いがした。頬に湿った肌触りが残る。いい香りじゃないのになんだかもっと嗅ぎたくなる。深く吸うと、頭の後ろがじんわりと痺れたようになった。

「なに食う?」と全さんがわめくように言った。慌てて姿勢を正す。

「グリーンカレーが食べたいです。次の角を右に曲がってください」

「相談はなしか」と言いながら、全さんはタイ料理屋のある方に曲がってくれた。

「あと、ヤムウンセンと揚げ春巻きとパッタイと……」

私の声が町の喧騒にまぎれていく。踏切の音が響いてくる。夏の夕暮れの気配を肌に馴染ませた。

自転車が遮断機《しゃだん》の前で停まった。家々の向こうに沈んでいく夕陽を眺めていると、

「学校でなんかいいことあったのか」と全さんの背中が言った。

里見の整った顔を思いだす。「友達が」と言いかけて、里見は友達だろうかと考える。違ったとしても、歳の近い異性とあんなに自然に話せたのは初めてだ。

顔が見えなかったせいか、里見と話したことを素直に伝えられた。

「いい奴だな」

「でも、猫みたいです」

「猫か」

「そっけないのに、ちょっと離れた場所からこっちを見ているような」

電車が通っていく。全さんがなにか言ったが聞こえなかった。

「格好いいのか」

「嫌になるくらいの美形ですね」

それなのに、里見のまわりには静けさがあって、話しているとしんと染まるように落ち着く。全さんといると怖かったり泣いたり反抗的になったりと忙しい。感情の起伏が激しく、知らなかった自分が次々に顔をだす。安心しているのかというとそうでもなく、全さんという人間自体はよくわからないままだ。ときどき心臓を握られているような気分になる。この違いはなんなのだろう。

「色気づきやがって」

「さっきは色気づけって言ったじゃないですか」

自転車が動きだす。今日あったことを誰かに話すなんて久しぶりだった。夕陽がさっきよりにじんでいた。あの溶けそうなオレンジ色は人の心を丸くするのかもしれないと思いながら、全さんのベルトを握り直した。

その晩は甘くて辛いタイ料理をお腹いっぱい食べて、薄いビールをたくさん飲んだ。

目覚ましを叩きつけるように止めて起きあがる。

早起きをしたつもりなのに、カーテンの隙間からは透明な日差しがもれていた。菓子パンを牛乳で流し込んで外に出る。暑くなる前に雑草を抜いてしまわなくてはいけない。

庭にしゃがんで、まだ朝露で濡れて柔らかい草を軍手で摑む。鉄臭い土の匂いがただよい、すぐに軍手が湿った。あちこちの家のドアが開いたり閉じたりして、靴音がこつこつとバス停や駅の方角へ消えていった。隣の家から朝のニュース番組の音がした。かすかにコーヒーの香りも流れてくる。

しばらく草を抜いて、ラジオでもつけようと立ちあがる。もう額に汗が浮かんでいた。帽子の中が蒸れている。炭酸が飲みたい。アイスも食べたい。でも、いま腰を下ろしたら、あっと言う間にやる気が消失しそうだ。

玄関にまわると、子猫が鳴くような甘い声がした。空耳かと思った瞬間、がしゃんと門扉が揺れた。ずっと呼んでいたのかもしれない。音に苛立ちがあった。

「ねえ、あなた」

女の人がいた。白いワンピースが目に入り、一瞬、母と錯覚して体がこわばる。険しい表情を浮かべてしまったのか、女の人が「あら、ごめんなさい」とサングラスを外して微笑んだ。先日、廣瀬写真館の場所を訊いてきた日傘の人だった。

前と違うブランドもののハンドバッグを持ち、相変わらずデパートの広告から抜けだしたような服装をしている。

首にタオルを巻き、父の園芸用帽子に高校時代の小豆《あずき》色のジャージ姿の自分が恥ずかしくなった。

「あ、はい、なんでしょう」

近づくと、化粧品売り場のような香りがした。くしゃみがでそうになり、軍手のままで鼻をこする。

「ねえ、あなた」

女の人がまた甘い声で言った。

「廣瀬先生のお弟子さんなの？」

はあ？　と間抜けな声がもれる。「廣瀬先生」が全さんのことを指していると気づくのに数秒かかった。その間も女の人は微笑みをたたえながら私を見つめていた。

「ち、ちがいます」

首を横にふる。ファンの人だろうか。全さんが有名な写真家だったことを思いだす。とはいえ、私は国民的女優のヌード写真を撮ったことしか知らない。雑誌で見たそれらの写真はどれも煽情的なものだった。こんな上品な女性があんな写真を好むのか、と意外に思っていると、女の人が鈴のような声で笑った。

「お弟子さんのわけないわねえ。あんなに気の短い人が、あなたみたいに鈍い子をそばに置くわけないわね」

依然として柔らかな声だった。明らかな嫌味をぶつけられて混乱する。ふいに、細められた目の奥に敵意を感じた。

一歩、身をひくと、門扉越しに腕を掴まれた。白く細い手なのにすごい力だった。引き寄せられる。

「あの人、趣味変わったのかしら」

ねっとりと私の全身を見る。薄い唇がかすかに歪んだ。可愛らしい印象の女の人だったが、近くでみると乾燥した肌にほうれい線が目立った。皺はファンデーションでべったりと埋められている。「タイ料理なんて好まなかったのに」というつぶやきに背筋が凍る。どこから見ていたんだろう。

「あなた、あの人とどういうご関係？　どうして、毎晩ご一緒しているの？　まだ学生さんよねえ、ご両親は知ってらっしゃるのかしら？」

やつぎばやの質問に、答えるタイミングが計れない。鈍い子、と言われたことが頭をかすめる。逃げようとするが、女の人は手を離してくれない。それどころか、問う度に爪が食い込んでくる。

「あら、すっぴん？　いいわねえ、若い子は」

舐めるような視線に鳥肌がたつ。顔を背けても、耳元にささやかれる。

「でも、若さを過信してちゃ駄目よ。わたしみたいなおばちゃんになるとね、どうしたって皮膚がたるんできちゃうのよ。顔だけじゃなくて体もね。妊娠線だってあるし、昔ちょっと太っていたこともあって、お尻にいっぱい線が入っちゃっているの。脂肪線ってわかる？　あなた、細いからわかんないかしら。でもね、あの人、そんな汚いお尻が大好きなのよ。すぐお尻を見ようとしてくるの。なかなか下着をはかせてくれないのよ。困るわよねえ。わたしの汚いお尻にほっぺたのせて眠るのよ。可愛い顔しちゃってね。そんな顔、あなた、見たことある？」

「ちょっと……やめ……離してください！」

とめどなく喋る女の人の手を強引にふりほどく。腕に痛みが走った。けれど、そんなことよりも体が熱くて、息が苦しい。女の人の舌たらずな口調に吐き気がした。そんな話、聞きたくもない。なにを言っているんだろう、気持ちが悪い。口にだしてしまったようだった。「気持ち悪い？」と女の人が目をむく。

「あなた、気持ち悪いって言ったわね。なんてことを！」

がしゃがしゃと門扉が鳴る。開けようとしているようだが、うまくいかない。

「落ち着いてください。あんなジジイとなんの関係もないですから」

止めようとすると、また爪をたててきた。

「関係ないなら、どうして毎晩ここに来ているのよ！　知ってるんだから！」

甲高い声で叫ぶ。近所の窓が開く音がして、かあっと頭に血がのぼった。女の人の両手首を摑んでひっぱった。

「いいかげんにしてください！」

よろけた女の人の上半身が門扉にぶつかり、白いワンピースの胸元に赤茶色の錆がついた。「あ」と手を離す。「すみません、私、馬鹿力で」

女の人はなにも聞こえていないように、私を見上げて笑った。白眼が充血していた。

「ねえ、あなた」

絡みつくような甘い声。

「あの人は誰のことも特別じゃないのよ」

「そう……ですか」

無視するのも恐ろしく、それ以外に返す言葉が浮かばなかった。

瞬間、頰を張られた。派手な音のわりには痛くはなかった。驚きのあまり頭が真っ白になったせいかもしれない。

急に音が遠くなった。生意気だとか、白々しいとか、叫ぶ女の人の肩に、誰かが後ろから手をかけ門扉から引きはがす。女の人が髪をふり乱してその手を払いのける。前に廣瀬写真館の前で見たショートヘアの若い女性だった。後ろに白いライトバンも停まっている。

「神崎《かんざき》さん」

はっきりした声でショートヘアの女性が言った。丈の短いボーダーのTシャツに細いデニム。フランス映画にでてくる女の子みたいだ、とぼんやり思う。彼女は女の人と私の間に立ち塞がった。

「神崎さん、ご自分がなにをされているかわかってますか?」

私の方を見た。しっかりした黒い眉がきりりとあがっている。

「この方は先生のご親戚ですよ」

女の人はショートヘアの女性を睨みつけながら髪を手ぐしで整えていた。

「あの人を呼んでちょうだい。あの人に訊く……」

「駄目です」

ショートヘアの女性がさえぎる。

「先生はあなたにはお会いになりません」

女の人が腕をあげてハンドバッグを投げつけた。ハンドバッグはショートヘアの女性の肩に当たって地面に落ちた。金具が弾けて中身が飛び散る。キーケース、コンパクト、口紅、銀色のアトマイザー、ハンドバッグからはレースのハンカチと財布がのぞいている。まるで新品のような小物たちが無残に地面に転がる。化粧品のブランドロゴがちかちかと太陽光を反射した。女の人も、ショートヘアの女性も、拾おうとしない。緊迫した空気に耐えられなくなって、門扉を開けてしゃがむ。アスファルトはもう熱くなりはじめていた。

「それくらいにしておけ」

散らばったものを集めていると、頭上から低い声がした。「なんでおまえが拾ってんの」くっと喉の奥で笑う。クソジジイが、と心の中で悪態をつく。

「全さん！」と女の人が悲鳴のような声をあげた。ぞくっと皮膚の裏が粟立った。感情を抑えることを知らない、あられもない女の声。

「警察を呼びますよ」

ショートヘアの女性の凜とした声に救われる。

「いい、放っておけ」と全さんが言った。

「あなたの好きにすればいいですよ。つきまといたいなら気が済むまでつきまとえばいい。俺を殺したいなら殺せばいい。ほら、どうぞ、お好きに」

顔をあげる。両手をひろげた全さんがいた。笑ってはいたが、恐ろしく冷たい目をしていた。

「まあ、そんなことしなくても死ぬけどな」

「先生！」

ショートヘアの女性が鋭い目で全さんを見た。

「もうジジイだしなあ」と、全さんはへらへら笑いながら私を見る。嫌悪感が込みあげ、思いきり顔を背けた。こんな状況、私は笑えない。

「でも、俺からはなにもしない。わかりますか？　もう、あなたには興味がないんですよ。飽きっぽい質《たち》でねえ」

女の人の手が震えていた。光沢のあるベージュピンクの爪がひとつ割れている。人差し指の先から肉色の皮膚が見えて痛々しかった。

「返してよ！」

女の人が絶叫した。

「わたしから奪ったもの、ぜんぶ返してよ！」

ショートヘアの女性が携帯電話を取りだした。「警察を呼びます」と全さんにささやく。女の人はハンドバッグを拾い中身をかき集めると、ヒールを地面に打ちつけるようにして前のめりで歩いていった。

違和感を覚えて自分の手を見ると、シャネルの口紅があった。

「先生、あたしちょっと様子見てきます。あの人、絶対また戻ってきますから」

ショートカットの女性がライトバンのドアを開ける。「あ！」と叫んで私をふり返ると、ポケットの財布から名刺をだした。

「ご迷惑かけて申し訳ありません。先生の助手をさせていただいております」

名刺の三木という苗字にほっとする。前に全さんが「ミキ」と言ったのはこの人のことだったようだ。本当に私を全さんの親戚だと思っている。

「あの、これ……」とシャネルの口紅を見せると、忌々《いまいま》しそうに舌打ちした。

「こんなの捨ててやりたいですけどね。後味悪いですし渡してきます！」とライトバンに乗り込んだ。勢いよく方向転換をして走り去っていく。

車が見えなくなると急に体が重くなった。

「おい、おまえ腕がみみず腫れだらけじゃないか。ひでえな」

全さんの声が耳のそばでして、反射的に突き飛ばす。

「触らないでください！」

「恋仲でもあるまいし、なにかりかりしてんだよ」

ふざけた口ぶりに怒りが込みあげる。

「なに他人事みたいな顔をしているんですか？　ちょっと神経疑うんですけど。こういうことに私を巻き込まないでくださいよ！」

感情が昂《たか》ぶって目が潤んだ。必死に空咳をしてごまかす。

「……ああいうの、ほんと無理です」

「それは悪かった。怪我はないな。とりあえず入れ」

強引に腕をひかれた。ずるずると引きずられる。家の引き戸が閉まり、視界が急に暗くなった。室内のひやりとした空気に包まれると、膝から力が抜けた。土間に座り込む。

「大丈夫か？」

背中に大きな手が置かれる。払いのける気力がなかった。

「……怖かった」と、自分の喉からかすれた声がもれた。

菜月たちも失恋で泣いたり、彼氏に腹をたてたりする。けれど、次元が違った。恋愛相談にのるのはそこそこ得意なつもりだった。でも、あの女の人は怒りと憎しみに我を忘れ、慰めるどころか触れたら嚙みつかれそうだった。そもそも、同性からも女として見られることのなかった私は、嫉妬をぶつけられるのに慣れていなかった。

鬼か、獣か。恋情で人がああも変わってしまうことが恐ろしかった。感情の台風みたいに見境なくまわりを巻き込んで。

「あんな……あんな大人しそうな人が……」

「そうか、激しいぞ」

顔をあげると、全さんは下卑た笑いを浮かべていた。性的な行為を連想し、連想させた全さんに怒りをおぼえた。

「ああいう大人しそうな女こそ狂うんだよ。上品ぶってるし、つい罅《ひび》を入れてみたくなったけど失敗したな」

「なんでそんなひどいこと言うんですか？　恋人だった人ですよね」

全さんは顎を掻いた。これだから子供は、というような面倒臭そうな顔をして。

「あの人が刺したんですか？　携帯を壊したんですか？」

返事はない。軽く肩をすくめられただけだった。さっきの女の人に向けたような感情のない目をしていた。体がすくんで、違う、と気づく。子供じゃない、このひと、女が面倒臭いんだ。じゃあ、どうして。

「あの人が、自殺でもしたらどうするんですか」

「しない」

靴を脱いだ全さんがドンと足音をたてて玄関にあがった。心臓が跳ねる。全さんはそのまま廊下を歩いていく。「勝手に入らないでください」と言うと、ふり返った。

「自殺なんかするか。息子も旦那もいるんだから」

ざあっと血の気がひく。

「好きだ、好きだ、離れるなら死にますとか言ってたけど、ちゃんと帰る場所はあるんだよ。そういう女だ。色恋に酔ったふりがしたいだけだ」

「全さん」息を吸って、吐いた。そうしないと、貧血をおこしそうだった。

「お願いですから帰ってください。気持ち、悪いです」

日の当たらない廊下で、全さんはしばらく黙って立っていた。私は床の木目を見つめていた。いつだったか、ここでこうして帰らない人を待っていた。その人は白いワンピースを着て出ていった。

「おまえ、恭平の薬を見つけたときもそんな顔していたな」

びくっと体が震えるのを止められなかった。

「不倫が嫌か。汚いか。幸枝《ゆきえ》ちゃんのせいか」

大嫌いな女の名を全さんが口にした。かさかさと薄い紙を巻く音がして、焦げついた砂糖のような煙草の匂いが流れてきた。全さんがゆっくりと煙を吐く。

「子供も夫もいる女が恋をするのが許せない？」

覗き込んでくる全さんから顔を背ける。

「普通そうでしょう」

「おまえに訊いてんの」

「そういう感覚は理解できません」

「じゃあ、おまえがしなきゃいいだけだろ」

しない。絶対にしない。大切な家族を裏切り、他人を巻き込み、あんな修羅場《しゅらば》を恋のせいにする女になんか絶対になりたくない。唇を噛んだ。私は間違ったことを言っていないのに、なにもしていないのに、どうして責められているのか。涙を必死でこらえる。

全さんが壁にもたれた。

「幸枝ちゃんは知ってるのか、恭平のこと」

少し迷って、首を横にふる。

「連絡先、知らないから」

「なにも？」

「向こうの実家からときどき手紙がきていたらしいけど、私は見ていない、です」

「じゃあ、向こうのじいちゃんばあちゃんにも恭平のことを報《しら》せてないのか」

「たぶん」と、曖昧な返事をする。葬式の時、本当は父の親族たちが母の実家に連絡しようとした。それを拒んだのは私だ。もう関係ない人ですから、と言った私を説得しようとする人はいなかった。だって、当たり前だ。あの女は勝手に出ていったのだから。

「自分を捨てた奴が幸せになってんのを知りたくないか」

「そういうんじゃないです。どうでもいいだけです」

「どうでもいいなら報せてやってもいいだろ。幸枝ちゃんの実家は山形だったか」

返事はしなかった。黙ったまま廊下の木目を見つめ続けた。もうこの話はやめて欲しいという気持ちを込めて。

「おまえ、今日、予定は？」

「草むしり」

全さんが長く息を吐いた。白い煙がゆったりとたゆたっていく。

「行くか」

ぼそりとつぶやく。「はあ？」と言う私に「何分あったら用意できる？」と腕時計を叩いてみせる。

「どこに、ですか？」

全さんは答えずにまた煙を吐く。

「まさか山形ですか？」

「別に山形じゃなくても、今日はちょっとここ離れた方がいいだろ」

わけがわからなかった。でも、またあの女の人が戻ってきたらと思うと不安になり、「三十分あれば」と小さく答えてしまっていた。

「わかった。三木に言ってくる」

玄関に向かう全さんと軽く肩がぶつかった。「三十分な」と念を押される。あまりの身勝手さに言葉がでない。

どうして、この人はこんな風にずかずかと踏み込んでくるのだろう。私をどうしたいのか。なにも考えていないのか、からかって楽しんでいるのか。

それとも、ただの暇つぶしなのか。

自分に執着する女からは逃げるくせに。

でも、私はそんな男と一緒に逃げようとしていた。

履き捨てたばかりの靴をひっかけて出ていく全さんの背中ごしに、青い空が見えた。

眩しい太陽に目がくらんで、夏休みだ、と思った。

5

大学に持っていくナイロンのリュックを背負うと、ふだんとは違う感触がした。筆記用具やノートの代わりに、替えの下着や旅行用ポーチが入っている。慣れない柔らかさを背中に感じながらスニーカーを履く。

日帰りだったら恥ずかしいので荷物は最小限にした。でも、さっき、全さんは確かに「今日は」と言った。今日はちょっとここ離れた方がいいだろ、と。今日は帰ってこないということだろう。

父がいなくなってから、家を一晩空けたことはない。しかも、行先はあの女の故郷かもしれない。裏切りのように感じられて線香をあげることができなかった。

「いってきます」

居間の仏壇を意識しながら背中でつぶやく。家の中はひやりと静かだった。

玄関の鍵をかけていると、門扉を揺らす音がした。さきほどの女の人が戻ってきたのかと思い体がこわばる。

「遅い。とっくに三十分経ったぞ」

全さんの声にふり返る。濃いサングラスをかけた全さんが、Tシャツにジーンズ姿の私を眺めて「いつもと同じだな」と笑う。真上にのぼった太陽が作る短い影を、年季の入ったワークブーツで踏みしめている。

「悪人面に磨きがかかってますよ」と、全さんを押しのけて外へ出た。

三木さんの運転する車で駅へ向かった。道中、二人はほとんど言葉を交わさなかった。私は脚立やら機材やらがひしめく後部座席に身を縮めて座り、助手席と運転席の様子を交互にうかがっていたが、途中から疲れてきてシートに体を預けた。

全さんはときどき窓を開け、煙草を吸った。そのたび、ぬるくて甘い風が流れてきた。三木さんは自分からは声を発しないけれど、全さんの動きに気を配っているのが左肩のわずかな緊張でわかった。師弟という単語が自然に浮かんだ。全さんは仕事の場では厳しいのかもしれない。

「ここでいい」という全さんの声で車が停まった。ぬうっと手が伸びてきて「寝てただろ、降りるぞ」と頭を摑まれる。慌ててリュックを背負いなおす。

ドアを開ける全さんを三木さんが見つめていた。忠実な飼い犬のような横顔だった。

「先生」とまっすぐな声をあげる。

「持ってる。心配するな」

「カメラは？」

「いらん」

三木さんのくっきりした黒い眉がかすかにゆがんだ。「わかりました」の途中で私は外にひっぱりだされ、全さんが車のドアを勢いよく閉めた。ライトバンはなにごともなかったかのように去っていく。全さんはふり返りもせず、青になったばかりの横断歩道を渡る。

慌てて追いかけ早足で横に並ぶと、「幸枝ちゃんの住所は?」と訊かれた。

「あの人の、実家の、住所しか知りません」

全さんは「あの人」のところで目をすがめたが、手をだして「住所は」とくり返した。

「山形です」

「それは知ってる」

横断歩道を渡ったところで立ち止まり、リュックからのろのろと年賀状を取りだす。私の年賀状の束に父が毎年そっと入れてくれるそれには、印刷された干支《えと》の絵と新年の言葉しかなく、差出人の意図をはかりかねた。もっとも意図など特になく、例年の習いで送っているだけに過ぎないのかもしれないが、その住所を見ては止まってしまう自分の手がわずらわしかった。

「鶴岡《つるおか》市の……」

読みあげようとすると、素早く奪い取られた。駅へ向かう人たちの視線を感じる。

「庄内《しょうない》か」と顎先で頷き、「海側からと山側から、どっちがいい？」と私を見る。「海」と反射的に答えてしまい、「え、ほんとうに行くんですか？」と全さんに詰め寄った。全さんは応じず、すっと体をそらすと、改札横のみどりの窓口に消えてしまった。長く待った気がした。気になってずっと自動ドアを見つめていたが、中に入ることはできなかった。しばらく経って全さんが出てきた。私を見て、「あ」と口を半びらきにする。

「しまった、おまえ、学生証あったよな。一般で買っちまった」

「払い戻してきましょうか」

「いい、いい」と、何枚かの切符を私に押しつけて改札を抜けていく。

「でも、もったいないです」

「金ならあるから気にするな」とにやりと笑う。「時間もないしな、四時間以上かかる」

具体的な時間を耳にして、本当に行くのだと知った。

「行ってすっきりしろ」

全さんの声がホームにすべり込む電車の音でかき消えた。

並んで快速電車に乗った。煙草を吸いたいのか、全さんはずっと膝を揺らしていた。人の少ない昼間の電車は日陰のように薄暗く、全さんの顔色がいっそう土気色に見えた。

東京駅につくと、全さんは五千円札を私に握らせた。ちらっと腕時計に目をやる。

「なんか買ってこい、昼飯まだだったろ」

「全さんは?」

「煙草」と短く言い、人波にまぎれて行ってしまう。そうじゃなくて、と言う間もなかった。なにを食べたいか訊きたかったのに。背の高い後ろ姿が見えなくなると急に不安になった。大きな駅は苦手だ。行き交う人の群れにふらふらと流され、ぶつかり、舌打ちをされる。

駅弁とビールと袋菓子を適当に買うと、新幹線乗り場へ向かった。電光掲示板を見上げてホームを確認する。さっきまで行くのを迷っていたのに、切符の座席番号を頼りにしている自分がいた。この広大な駅で携帯電話を持たない全さんとはぐれたら、二度と会えない気がした。でも、この座席番号の場所へ行けば会える。

すれ違った人のトランクが腰に当たる。大きな荷物の人が多くて歩きにくい。天井の低い改札階からエスカレーターでホーム階にあがると、少し息がしやすくなった。

ホームを進むと、ベンチに腰かける無精髭の男が見えた。長い脚がにょっきりと突きでて、雑に束ねた髪といい、よれたシャツといい、全体的にくたびれている。全さん、と声をかけかけて、やめる。一人でいる全さんには目をひくなにかがあった。まわりの人にはないなにか。焚火《たきび》の焦げた臭いが鼻に残るように、劣化した肌や髪や服の感触が目に飛び込んできて胸がざわつく。

全さんがズボンのポケットから小さなものを取りだした。掌をくぼませて口にあて、首をのけぞらせる。そのまま目をとじて動かない。ゆっくりと呼吸をしているのが、喉仏の動きでわかる。

「全さん」と近づいた。「なに、飲んだんですか」

「痛み止め」

片手に持っていた紙袋をくしゃくしゃと丸めてポケットにしまう。

「腰だ、腰。ジジイだから腰が痛いんだよ」

なにも訊いていないのに、ふり払うように言う。額に汗がにじんでいた。そんなに痛いのだろうか。

「新幹線、大丈夫ですか？　長い時間乗るんですよね」

全さんは返事をせず立ちあがった。紺とピンクのラインの入った新幹線が、車体をつややかに光らせながらホームにやってくるところだった。

億劫そうに腰をかがめて新幹線に乗り込むと、全さんは通路側のシートに身を投げだした。「邪魔ですよ」と脚をまたいで窓側のシートに座る。不遜《ふそん》な笑みを浮かべながら「長くて悪いな」と言うのが癪《しゃく》にさわって無視した。どうしていつも余裕なのだろう。こんな時でも。逃げ慣れてる、と思った。

車内は人がまばらだった。ずっと後ろの席で、日よけの帽子を被ったままの中年女性の一団がけたたましく笑う。シートを少し倒し、ビニール袋から缶ビールを取りだした。

「もう飲むのか」と、全さんが呆れた声をあげる。

「おまえ、ビールしか買ってないじゃないか」

「お茶を買うの忘れました。まだ発車まで数分ありますよね」

立ちあがろうとすると、「もういい」と全さんがプルタブをひいた。

「幕の内と焼肉弁当どっちがいいですか？　あ、これおつりです」

駅弁を簡易テーブルにだし、レシートとお金を差しだすと、全さんは背もたれに身を預けたまま首をふった。青いシートのせいでますます血色が悪く見える。

「ちょっと寝るわ。昨夜、寝れなくてな」

ひとくち、ふたくち、まずそうにビールを口にふくむ。

「それ、飲んでおきますよ」

缶ビールに手を伸ばす。全さんの手は生き物じゃないみたいに冷たかった。「助かる」と低い声がして、目をとじた気配がした。横目で見ると、腕を組んでいた。

なめらかに新幹線が走りだす。弁当についていたウェットティッシュで手を拭きながら、銀色に輝くビルがどんどん流れていくのを眺めた。朝は庭先で草むしりをしていたのに。ちぎった草の匂いがまだ指先についている気がした。私の体は意志とは違う場所へすごい速さで運ばれていっている。

ふいにお腹が鳴った。駅弁を二つ並べて、音をたてて箸を割った。

大宮駅を過ぎると、だんだんのどかな風景になっていった。田んぼが青々と広がり、ビニールハウスが点々と散らばる。終わりかけの紫陽花《あじさい》が青く萎《しお》れていた。海はまだかな、と窓の外を見ていたが、やがて山に入り、トンネルばかり続くようになった。

全さんは目を覚まさなかった。駅弁を食べ終え車内販売でアイスと茶を買っても、私がトイレに立っても起きなかった。腕を組んで眠る全さんは硬い感じがした。節くれだって黒ずんだ皮膚が古木やミイラを思わせる。鼾《いびき》でもかいてくれたらいいのにと思う。かちかちのアイスを削り食べ、することもなくビールをすすっていると、アナウンスが響いて新幹線の速度が落ちた。「乗り換えるぞ」と全さんが唐突に身を起こしたので、驚いてビールを吹きそうになる。

「起きていたんですか」

「おまえがむしゃむしゃむしゃむしゃずっと牛みたいに食ってるから寝られなかったんだよ。ビール、ぜんぶ飲みやがって」

全さんは笑いながら手早くゴミをまとめる。新潟駅に着くやいなや、ゴミ袋を片手に降りていく。二人分のシートを元に戻し追いかける。新幹線の改札を抜け、長い通路を進む。出汁の匂いに顔をあげると、向かいのホームで駅そばの暖簾が揺れていた。

「まだ腹減ってんのか」とからかわれる。

特急電車が動きだすと、窓枠に置いておいたペットボトルが吹っ飛んだ。ものすごく揺れる。さすがに寝る気になれないのか、全さんは途中の売店で買ったビールを飲みはじめた。私の食べ残した袋菓子をポリポリとつまんでいる。咀嚼音が軽快だ。横顔にも、さっきまでとは打って変わって覇気を感じた。少し眠って元気がでたのかもしれない。

「仕事はいいんですか？」

そういえば、一度も写真を撮っている姿を見ていないことに気づき、尋ねた。

「いまは夏休み」

「そんなのあるんですか」

「ある」

全さんは肩を揉みながら窓に目を向ける。赤茶けた工場らしき建物が続いている。煙突から白い煙が吐きだされ、空の色はどことなく薄い。

「あ、ぜんぜん海なんてなかったですよ」と缶ビールを手に取ると、鼻であしらわれた。会話が途絶える。起きていられると気づまりだな、とビールをたてつづけに飲む。

手首のみみず腫れが目に入り、錯乱していた女の人を思いだす。薄赤く残った彼女の爪痕。あの人はこんな風に全さんと旅行をしたりしたのだろうか。不倫だったと言っていた。

「……どうしてるんですかね」

小声でもらすと、「さあな」と表情のない声が返ってきた。考えていたくせに、と軽く苛立つ。

「自分が折った携帯にしつこく電話でもしてるんじゃないか」

やっぱりあの人が壊したのか。ビールをひとくち飲む。もうぬるくなりだしている。

「なんか、すごいですよね」

「どうした」と全さんが姿勢を変える。「さっきは散々だったくせに」

「いえ、嫌ですけど、そんなに人を好きになれるのはすごいですよね」

喉の奥で笑われた。子供だなあ、と言うように「好き、ねえ」と目を細める。

「好きなんじゃなくて、好きになられたいんだよ。自分をまるごと、百パーセント受け入れてもらいたいの。あいつは承認欲求の塊だ」

「承認欲求ですか？」

「そう」

「全さんに好かれることがなんの承認欲求になるんですか？」

全さんは一瞬ふいを衝かれた顔をして、それから弾けるように笑った。「それはあんまりだろ」と、身をよじらせ大声で笑い続ける。

「有名な写真家だからですか」

「それもあるんだろう」

「否定しないのいやらしいです」

「事実だからな。おまえみたいなガキにはわからないだろうが、ジジイにだって需要はあるんだよ。まあ、あれくらいの歳の女だったら旦那以外の男に求められることで自尊心が満たされたりするんだろうし」

求める、という言葉が胸にひっかかる。全さんはあの人を求めたことがあったのだろうか。

「おまえは正しいよ。俺みたいな奴になにか求めても時間の無駄だ。俺は誰かを守ったり全肯定したりする人間じゃない」

「でも、全さんも惹かれたときはあったんですよね」

見ると、全さんは目をそらし、唸りながら頭を掻いた。なんで私が問い詰めるみたいなかたちになっているんだろう。

「見てみたいとは思ったな」

「なにを」

「取り繕《つくろ》った顔の下にあるものを」

声が変わった。隣に座る男を見て、違う、空気が変わったのだと気づく。

「人間はありものだ。いつか消える。仕方ない。それでいい。だから、俺は一瞬を見たくなる。そいつの、最高の、魂を剝きだす一瞬を」

「それは写真の話ですか?」

「撮る前の話だな。けど、俺が築ける関係性はそれだけだ。一瞬なんだよ」

開き直らないでくださいよ、と言いかけて呑み込んだ。全さんは恐らく、本当の話をしている。自分という人間の本質を良くも悪くも理解しているのだ。きっといままでたくさんの人がこの男に近づいては離れていった。その無数の影がうっすらと漂っているように思えた。

「あの人の写真を撮ったんですか?」

訊いた瞬間に後悔して、「いや」というぶっきらぼうな答えに安堵した。

「あいつには見慣れたものしかなかった」

全さんの太腿の上で、ごつごつした指が煙草を欲して小刻みに動いている。

「承認欲求、媚態《びたい》、甘え、自尊心、独占欲、自己愛。恋愛体質の女って、結局は自己愛だよ」

恋人をころころと変える菜月の顔が浮かぶ。確かに彼女の自己愛は強い。けれど、自分も含めて恋愛に憧れる女の子たちは自信がないのだと思う。自信がないから好きな異性に自分を認めてもらいたいのだ。結局はそれも自己承認欲求だと言われれば返す言葉はない。でも、そんなことを言ったら人と関係を持とうとする行為のほとんどが少なからず該当してしまうではないか。

恋愛なんて、私のようにしたくてもできない人間だっているのだ。他人に求められることでしか自己愛を満たせないとしたら、私が私を好きになる日は永遠にこないということか。考えると気が重くなった。

でも、自分だったら嫌だなと思った。関わった相手にこんな風に言われるのは。

「たとえそうだとしても、彼女の気持ちは彼女だけのものです。それを全さんが決めつけることはないんじゃないですか」

なんとなく女の人をかばうようなことを言ってしまう。ちらりと顔を見て、ひどく不適切なことを言ってしまった気がした。

全さんは乾いた声で笑った。興味を失ったように。

しまった、と冷えていく頭で思った。全さんはいろいろな笑い方をする。それは私を苦しくしたり安心させたり恥ずかしくしたり涙もろくしたりする。今まで私のまわりの男性は二種類しかいなかった。父のように優しい人と同世代の近づきがたい男子。こんなさまざまな笑い方をする男は見たことがなかった。

突然、頭を摑まれた。ぐいっと顔を窓の方に向けられる。

「ほら、見ろ」

風で揺れる青草の向こうに、海があった。空より青く、悠々と広がっている。海岸近くには大きな岩が点在し、そのまわりで波が白い飛沫をあげていた。

「海だ」とつぶやくと、「海だろ」と全さんが得意げに言った。自分のものみたいに。それから、「いいもんだな」とヤニ臭い息を吐いた。


ひとつしかない改札を抜けると、がらんとしたロータリーが見えた。背後の線路を二両電車が走っていく。

バス停の前のベンチに老人が腰かけているが、バスが来る気配はない。昼間の暑さと倦怠《けんたい》が残る、よどんだ感じの駅だった。

日差しがきつい。頬骨のあたりがひりひりする。

全さんが駅の横手にあるビジネスホテルを指した。よく見かける全国チェーンのホテルだった。その細長い建物だけがにょっきりと目立っている。

「あそこでいいよな、おそらく空いてるだろう。レンタカーはやめとくか。もとは城下町だからな、袋小路や一通が多くて運転しにくいんだよ」

「きたことあるんですか？」

「昔、仕事で。ここらは食いもんうまいぞ。夜は日本酒と魚だな。七時前にホテルのロビーでいいか？」と腕時計を見る。

「え、ついてきてくれないの」

思わず、すがるような声をあげてしまった。

「ひとりで行ってこい。タクシー乗り場はそこな」

隅が錆びたタクシーの看板を顎で示す。車は一台も停まっていない。

「いないけど」

「電話で呼ぶんだよ、番号書いてあるだろ」

三本目の煙草に火を点けながら言い、財布から一万円札をひっぱりだした。首を横にふって突き返す。

「ついていってはやれない。俺、幸枝ちゃんに嫌われていたからな。ほら、日が暮れる前に行ってこい」

全さんはへらへら笑うと、強引に一万円札を私の手に握らせて、背を向けた。甘苦い煙をまとったまま歩いていく。背の高い全さんがそばを離れると、日差しの激しさが増した。諦めて電話をかける。にじみだす汗を拭いながら五分ほど待つと、タクシーがやってきた。

果物屋の前でメロンののぼりがはためいていた。眺めていると、運転手にさくらんぼの時期は終わったよと言われた。私が観光客だとわかるようだ。

道を歩いている人はほとんどいなかった。高い建物が少ないので、空の面積が大きく感じる。途中で通ったアーケード商店街はあちこちシャッターが下りていた。「郊外にでっかいショッピングモールができてね」と、運転手はなぜか弁解するように言った。東京で暮らしていた母が独り身になってこの街に戻ってきているとしたらいい気味だと思った。ゆっくりと死んでいく街と一緒に老いていけばいい。

日差しに目を細め「梅雨明けしたんですか」と訊くと、「まだだねえ、あと一週間くらいかね。その頃になったら油蟬の声がすごいよ」と運転手はスピードをあげた。市街地を抜けてから、畑と民家ばかりが続いている。メーターが気にかかる。

タクシーが曲がった。田んぼの横の細い道を入っていく。しばらく進み、たぶんこの辺りだと言われたので降りた。タクシーが去っていくと急に静かになる。住宅街というには広々としている。充分な間隔をあけて建つ家々には、どこも家庭菜園と大きなガレージがあった。

ふと、用水路のそばで足が止まる。わずかに傾いだ石柱とその向こうに見える山の連なりに見覚えがあった。

ふり返る。古い石塀が目に入る。小さい頃よりずっと低くなっていた。

近づくと、奥に真新しい二階建ての家が見えた。二世帯住宅なのか玄関が二つある。祖父母の家は確か平屋の日本家屋だったはずだ。そっと覗くと、庭の古びた物干しで白髪まじりのおばあさんが洗濯物を取り込んでいた。昔より丸みをおびた背中に懐かしさを感じた。

声をかけることもできないまま時間が過ぎていった。おばあさんはプラスチックの籠に盛りあげた洗濯物を抱えると、家の裏手へと姿を消した。見えなくなった途端、訪ねていくと必ず作ってくれた林檎とレーズンの蒸しパンの優しい甘さを思いだした。母はレーズンが嫌いで、母の作る菓子には入っていたことがなかった。

車の音がして、慌てて家から目をそらす。ブルーの軽自動車が細い道をやってきて、開きっぱなしの門に入っていく。玄関の前に停まると、弾かれたように助手席のドアが開き、制服姿の女の子が飛びだしてきた。小学校低学年くらいか、リボンタイとツインテールが可愛い。膝小僧には絆創膏《ばんそうこう》があった。

「こら！　荷物運ぶの手伝いなさい」

運転席から降りてきた女性を見て、息がとまる。ゆったりしたベージュのサマーニットに白いデニム。肩くらいの茶色い髪は右耳の後ろでゆるくまとめられている。全体的にうっすらと肉がついていたが、見間違いようもなかった。母だった。

女の子は「だって、再放送はじまっちゃうもん！」と玄関から叫び返し、音をたててドアを閉めた。母はため息をつくと、車のトランクを開けた。トイレットペーパーや大きくふくらんだスーパーの袋に手をかける。

そのとき、ふっと母がふり返った。

目が合った。私はいつの間にか、石塀から身を乗りだしていた。

母の目が動かない。私のスニーカーの下で小石が軋んだ音をたてた。きびすを返そうとした瞬間、名を呼ばれた。体がかたまる。

「藤子。藤子、よね」

母が近づいてくるのが、砂利の音でわかる。顔をあげると、母の足音が止まった。私たちは石塀の外と内で見つめ合った。

「ずいぶん背が伸びたわね」

母が見上げるようにして言った。

「昔からあなたは大きかったけれど」

母の小さい肩でサマーニットが片方ずり落ちかけていた。昔より肌はしわびて見えたが、童顔ゆえのあどけない表情は同じだった。私と母はまったく似ていない。私は体も顔も父に似た。私を見上げるこの女は、かつて自分の夫だった男を思いだしていることだろう。

「元気にしてる?」

母はわずかに首を傾けるようにして笑った。そう、こんな風に少し不安げな笑みを浮かべる人だった。

「いつからこっちに?」

「さっき」と短く答える。間があった。どうして私がきたのか考えているのだろう。訊かれたら答えられない。自分でもなぜここにいるのかわからない。

　ひゅっと母が息を吸った。

「喉、渇いてない？　あがっていく？　もうすぐ夫が帰ってくると思うけど」

　西日に目を細める。日が暮れだしていた。さっきの女の子が祖母の蒸しパンを食べながらテレビを見ている姿を想像した。母はこれから夕食の準備をして、夫が帰ってきたら家族で食卓を囲む。そこに私の居場所はない。

「こっちの人なんだ」

　つぶやくと、母は頷いた。

「再会したのは東京だったけど、もともとはこっちの人よ。新しい研究施設ができて、二年前に戻ってきたの」

「ずっと昔から知っていた人？」

　また、間があった。母は私の目を見て「そう」と静かな声で言った。その顔を見て、わかった。ずっと、母は間違いを犯したのだと思っていた。そうではなく、母にとっては父とのことが間違いだったのだ。短大を卒業してすぐに父と結婚したと聞いていた。けれど、母には父に会う前から想う人がいて、そこに戻っていっただけだったのだろう。

　頭の中で数字だけが冷静に動く。母がいなくなったのは七年前、さっきの女の子は七、八歳に見えた。私と父の元を去る時、母のお腹の中にはあの子がいたのかもしれない。

新築の二世帯住宅を眺める。母は私と父の存在などなかったように理想的な家族を作っていた。在るべき場所に母の人生は収まった。その過程で、私と父はリセットされたのだ。

「中で話しましょう」

母の手が促すようにそっと動く。私は一歩下がると、言った。

「父が死にました」

「え」と、母の顔がこわばる。

「事故で。それを伝えにきただけです。ご心配なく、もうぜんぶ済んでいますから」

じゃあ、と背を向ける。「ちょっと待って」と声がしたので、首だけふり返る。

「待っている人がいるので」

あふれそうになる感情を押し戻すように、そんな嘘をついた。もう母には会うこともないだろう。いや違う、母であった人だ。

「お幸せに」

顔を背けながら言い、大股で歩いた。靴先が飛ばした小石が間抜けな音をたてて用水路に落ちた。背中にオレンジ色の夕陽を感じた。さっきまで青かった山の端《は》はもう黒い影になりつつあった。夜がくるまえに帰らなきゃと足を速める。

どこに？

雑音が追いかけてくる。

全さんのもとに。彼と約束がある。きっと、待っていてくれる。

いま、私には全さんのところしか行き場がなかった。

二車線の県道にでる。タクシーは見当たらない。焦りながらも歩き続ける。

携帯電話でタクシーを呼ぼうにも、自分がいる場所がわからない。ガソリンスタンドを見つけて住所を尋ねる。ようやくやってきたタクシーに乗り込むと、両手で顔を覆って長い息を吐いた。日焼けをしたのか、目の奥がじんじんした。

全さんはホテルのロビーで足を組んで座っていた。私の顔を見ると立ちあがり、「腹へったろ」と背中を軽く二回叩いた。タクシーの運転手に慣れた口調で店名を告げ、こざっぱりとした居酒屋へ連れていってくれた。

座布団に腰を下ろすと動けなくなった。メニューをひらいても頭に文字が入ってこない。衝立《ついたて》を挟んだ後ろのテーブルで三人の中年男性が大声で喋っている。豪快な笑い声が背中にぶつかってくる。

冷たいおしぼりを顔にあてて息を吐いた。おっさんか、と馬鹿にされるかと思ったが、全さんはなにも言わなかった。「日本酒にするか」と言いながら、勝手にどんどん注文する。機嫌がいいのか、「さっき鶴岡公園の横を通っただろ。あそこ城跡でさ、桜並木がすごいんだよ。アシスタントやってた頃に撮影にきたことがある。後で歩いてみるか？　でも真っ暗だったなあ」などと饒舌に話している。

つきだしの冷ややっこをつついていると、ツブ貝の煮物や造りの盛り合わせなどが運ばれてきた。小さなガラスの杯に全さんが冷酒を注いでくれる。ふくよかな甘さが喉を潤し、胃の底をほんのり熱くした。水のようにするすると飲めた。

「ガサエビ食べたことあるか？　うまいぞ、ほら、揚げたてだ」

岩牡蠣をすすっていた全さんが、テーブルに置かれたばかりの海老の唐揚げを勧めてくる。めずらしく積極的に食べている。「おまえ肉も欲しいよな」と角煮を追加する。

私は生返事をして酒を飲んだ。いつもと逆だった。

「どうしてですか」と、シマアジのきらきらした刺身を箸でつまむ。

「ん」

「どうして、母はあなたを嫌ったんですか」

「なんでだろうな」と全さんは手をあげて次の酒を選んだ。店員がいなくなると言った。

「俺が恭平を悪い道にひっぱり込むんじゃないかと思ったのかもな。一緒にいると、こう眉間に皺を寄せて見ていたよ」

おどけた顔で眉を寄せてみせ、残った酒を注いでくれる。

「自分が悪い道にいったくせに。同族嫌悪だったんでしょうね」

母が全さんを嫌った理由がなんとなくわかった。この人の男のにおいだ。自分の中に眠る欲望を否応なしに呼びさまし、本当のことを気づかせてしまうにおい。自分を覆う嘘や虚栄が剝がされてしまう。酔いがまわってきた頭で思った。

「いや、幸枝ちゃんは真面目な子だったよ。変にまっすぐなところがおまえに似てる」

「全さんも同族嫌悪ですよね」

無視して言った。店員が運んできた酒を自分で注ぐ。

「昼間に話していた承認欲求のことですよ。ちょっかいだしておいて、ぐいぐいこられると逃げるのってずるくないですか」

「おい、なんだいきなり」

へらりと全さんが笑う。伸びてきた手を払った。

「考えたんだから聞いてください」

「おまえ、酔ってるな。ちゃんと水分とってなかったのか」

「酔ってませんよ、だから聞いてくださいってば。承認欲求なんて、みんなありますよ。自己愛だって。全さんにだってありますよね。じゃなきゃ写真なんてやってませんよね。自分の奥底に強い強い承認欲求があるから、他人のそれを見ると嫌気がさすんですよ」

ははは、と笑い声がした。私はぐいぐいと酒を飲んで、その笑い声にひそむものを見ないようにした。

「私だってありますよ。それのなにが悪いんですか。求めてもらいたいですよ、受け入れてもらいたいですよ、そんなの当たり前ですよ。自己愛、上等です。自分を好きになりたいですよ。全さんなんてその権化なんじゃないんですか。女の人に百パーセント自分を受け入れてもらうことを望んでいるんじゃないんですかね。百パーセントを求めるから、少しでも違うと嫌なんじゃないですか。贅沢過ぎるんですよ」

視界がゆがんできて、ろれつがまわらなくなってきたが、ぐだぐだと全さんに絡んだ。母とのことを洗いざらいぶちまけると、「ていうかなんなんですかね、大人がいい歳して愛だの恋だの人をふりまわして。ぽんぽん子供作って。それも承認欲求だっていうなら、勝手にやってて欲しいですよ。ほんと、うざいです。全さんも、あの女も、母も、みんな迷惑なんだよ！」と湯気のたつ角煮に箸を突き刺した。しまいには、なにを言っているのかよくわからなくなってきて「ジジイ」を連呼した。菜っ葉で巻かれた味噌焼きおにぎりを頬張ったところで意識が途絶えた。

ひやりとした夜風が首筋をかすめた。体がシートに投げだされる。「吐きそうになったら言えよ」という低い声が降ってきた。

「むすめさん、だいじょうぶですかの。えぎまえの？　ああ、わがる、わがる」

運転手のようだ。濁音の混じったのんびりした声が聞こえる。祖父母の訛《なま》りを思いだす。その合間に懐かしい声が挟まれる。

揺れて、車が走りだす。冷たい暗さが心地好かった。夜は冷え込むんだなあ、とぼんやり思った。

前の二人は話し続けていた。ずっとずっと昔、こんな風に車の後部座席で寝たふりをしていた夜があった。静電気の匂いのするシートに頰をつけて、父と母の会話をこっそり聞いていた。これはあの頃の夢なのだろうか。起きたら昔に戻れるのかもしれない。そんなことはないと頭の片隅で知りながら、揺れに身をまかせて目をとじた。目の裏の残像が澄んだ星のように瞬いていた。

目が覚めると、知らない部屋にいた。備えつけの机に小さい窓。狭い部屋のほとんどを占める白いベッドで身を起こす。

こめかみの痛みで顔をしかめる。呻くと、目の奥まで痛んだ。完全な飲み過ぎだ。全さんに運び込まれたビジネスホテルの一室だということをようやく思いだす。スニーカーは脱いでいたが、靴下も服も昨日のままだった。

かすかに甘い匂いがただよっている。サイドテーブルの上に、ペットボトルの水と赤ん坊の頭くらいはありそうな大きな桃が置いてあった。

どん、とベッド横の壁が鈍く鳴った。ぎょっとして、この振動で起きたのだと気づく。また壁が鳴る。隣の部屋の誰かが壁を叩くか蹴るかしている。頭に響いて苛々してきて、思いきり叩き返すと、机の上の電話が甲高い音をたてて飛びあがった。恐る恐る受話器を取る。

「やっと起きたか」

全さんの不機嫌な声がした。昨夜のことを思いだして言葉に詰まる。

「お、おはようございます……あの……昨日は……」

「おまえ、ひどい酒乱だな。まあ、今回は吐かなかっただけましだけど」

卓上のデジタル時計に目をやると、まだ七時前だ。

「ええと……すみませんが、もう少し寝させてもらっていいですか」

「駄目だ。十五分で用意して出てこい」

抗議の声をあげたが、電話は切られた。今度ばかりは本当に怒られそうだったので、急いで服を脱ぐ。髪の毛から嫌な臭いがした。部屋に染みついた煙草の匂いが体中に移っていた。窮屈なユニットバスでがしがしと洗う。新しいTシャツに着替えると、ドライヤーもそこそこに部屋を飛びだした。

廊下の壁にもたれた全さんが私を睨みつけた。うおっと悲鳴をあげてしまう。

「色気のねえ驚きかただな」

エレベーターの方へ向かっていく。

「朝飯どうする？」

「……食欲がなくて」と言うと、「あれだけ飲めば当たり前だな」と口の端で笑われた。エレベーターに乗り込むと、「すみませんでした」と頭を下げた。どこかの階からコーヒーと卵を焼く匂いがした。

エレベーターの扉が開くと、全さんは「チェックアウトしてくるから待ってろ」と受付へ行ってしまった。その間に髪を束ねて、スニーカーの靴紐を結び直す。乾燥と日焼けで肌がつっぱるが仕方がない。

促され、駅へと歩く。駅は昨日よりはにぎわっていた。体操服の学生たちがスポーツバッグを持って改札へと走っていく。みんなよく日焼けしていた。

全さんは駅前のバス停に私を並ばせて、自分はベンチで煙草を吸った。煙がこちらまで流れてくる。ホテルの部屋に染みついた不快な臭いを思いだす。全さんの煙草は平気だ。それどころか落ち着くような気すらする。不思議だ。

もう日差しが眩しい。こめかみを揉んでいるとバスがやってきた。全さんがのそりと立ちあがる。

三十分ほどバスに乗った。バスは市街地を抜け、平野を延々と走り、やがて山の麓《ふもと》の曲がりくねった道を走りだした。細い道の両脇に簡素なしめ縄と白い紙飾りが揺れていた。道の先までずっと続いている。

「神域だからな」と全さんが低い声で言う。

「どこに向かっているんですか」

水を飲みながら訊く。

「羽黒山《はぐろ》」

サングラスをかけた全さんが腕を組んだ。

「出羽《でわ》三山のひとつだし参拝していこう。石段で登れる山だ。一時間くらいで登れる」

山登りをするような気分ではなかったが、有無を言わせぬ口調だったのでしぶしぶ従ってバスを降りた。昨夜、迷惑をかけた負い目もある。ぽつんと一軒だけある土産物屋にかき氷や中華そばや草餅ののぼりが立っている。食欲はわかなかったので、ペットボトルの水だけ買った。

色褪せた山門をくぐると、視界が緑に染まった。太い杉が空を覆うほどに連なっている。山の底へ降りていくように石段を下ると、すっぽりと深い緑に包まれた。湿り気を帯びた空気を胸に吸い込む。

赤い木の橋を渡る。白い滝が見えた。水の音と匂いに意識が奪われる。しめ縄を巻かれた巨大な杉の前の「爺《じじ》スギ」という立て看板を指して全さんがにやりとする。植物のすうすうした匂いでいつの間にか頭痛は消えていた。朝の光にけぶる五重塔を過ぎると、木立の中を延びる長い石段が目に飛び込んできた。ところどころ苔《こけ》むしてはいるが整った石段で、まわりの下草もきれいに払われている。先はまったく見えない。

「やめるか」

全さんが口笛を吹いた。私よりずっと年上の人たちが私たちを追い越して登っていく。急にふつふつと挑戦したい気持ちがわいてきた。

「いきます」と一歩踏みだした。

石段は登るばかりではなく、下ったり、平たく蛇行したりした。山の中をうねうねと続いていく。段が低いので、最初は二段ずつ大股で登っていたが、すぐに息が切れ、太腿が悲鳴をあげるようになった。段を数えたり、一段ごとに「しんどい」「疲れた」と言ったり、斜めに登ったりしてみたが、なにをしても体力を奪われるだけだと気づき黙った。全さんは同じペースで黙々と歩を進めている。

すれ違う人たちは皆、日よけの帽子を被り、首にタオルを巻き、山歩きの服装をしていた。杖を持っている人もいる。軽装の私たちに「こんにちは」とにこやかに声をかけてくれる。挨拶を返すのがやっとだった。額からも頭皮からも汗が流れ、首がぬるぬるした。Tシャツもぐっしょり濡れている。体全体が心臓にでもなってしまったように熱く脈打ち、自分の呼吸音がうるさく耳につきまとった。

途中に茶屋があった。視界がひらけ、山の下に田んぼが海のように広がっているのが見えた。茶屋の縁側に座って、茶を飲んだりアイスを食べたりしている人たちがいる。

「あと半分だよ」と割烹着姿のおばあさんが声をかけてくれた。看板にある杵つき餅の文字にごくりと喉が鳴ったが、いま座ってしまったら立てなくなると思いタオルだけを買った。離れたところで煙草を吸う全さんに目で行きましょうと合図する。

全さんは待てというように片手を広げ、ゆっくりと一本吸うと、肩をまわしながらやってきた。

訊くと、石段は二千四百段以上あるらしい。あと半分と言い聞かせながら、足元だけを見て登った。足が重い。ふくらはぎも太腿もぱんぱんだ。膝も震えている。襟足の毛が首にべったりと張りついている。こんなに汗をかいたのは中学の部活以来だった。

いつの間にか、いろんなものが消えていった。鳥の声、翅虫《はむし》のうなり、木漏れ日のまばゆさ。やがて、母のことも消え、父のことも消えた。私は無心で脈打つ熱い体を上へ上へとひっぱりあげた。

何度目かわからない急な坂を登りきると、永遠に続くかと思われた緑の景色の奥にふっと赤い鳥居が現れた。全さんをふり返る。

全さんはずっと後ろにいた。膝に両手をあててこうべを垂れている。

「全さん！」と叫ぶ。反応がない。

「全さん、もう少しです！」

もう一度叫ぶと、ようやく顔をあげた。石段よりも黒ずんだ肌をしていた。唇に色がない。首筋にぞわりと鳥肌がたった。光を受けて生き生きと輝く自然の中で、全さんはまるで枯れ木のように見えた。

　ゆっくりと全さんが登ってくる。一歩ごとに全さんの命が削り取られていくようで、不安になった私は戻って横に並んだ。

「肩をかしてくれ」

　掠れた声で全さんが言った。素直に寄り添った。肩にまわされた腕の重さに安堵する。私たちは石段を一歩一歩登って赤い鳥居をくぐった。

　境内《けいだい》の芝生に並んで座った。体育館のように大きく豪華な社殿に参拝する人をぼんやりと眺める。奥から巫女《みこ》や神官がぞろぞろと出てきて、すぐそばの小さな社の方へ向かっていく。

「能かなんかをやるらしいぞ、見てこい」

　全さんが口をひらいた。「いいです」と首をふる。私の汗はひいていたが、全さんのシャツはべっとりと黒く濡れ、座り込んだまま動けないようだった。顔の陰影が濃い。パキッと小さな音がした。全さんがポケットから薬のシートを取りだしていた。「腰ですか」とペットボトルの水を差しだす。

　全さんは頷きながらペットボトルを受け取ると、薬を飲んで芝生に仰向けに寝転んだ。片方の腕で目を覆う。風が私たちの間をすり抜けていく。

「昨日はどこに行っていたんですか。私が母に会っている間」

寝ていないことは呼吸でわかった。ややあって返事があった。

「即身仏を見てきた」

「そくしんぶつ？」

「知らないのか。地下に掘った穴に入ってさ、飲まず食わずで、生きたまま仏になった人間だよ。二つ、三つの赤ん坊と同じくらいの体重になってしまうんだと」

「なぜそんなことを」

「信仰ってのが俺にはわからない。でも、生きるためなんだろう」

「生きているんですか」

「まさか。死んでいる」

そう答えて、「死んでいたよ」とくり返した。うまく返事ができずにいると、全さんがまた口をひらいた。

「それから、果物屋に行った」

「あ」とリュックからTシャツにくるんだ桃を取りだす。

「食べていいですか」

「おまえにやった桃だ、好きにしろ」

突き放すように言った後、「若いな」と笑った。「昨日、さみしいって泣いたやつが」

「そんなこと言ったんですか」

返事はない。気になったが、食欲が勝った。私は桃の産毛をTシャツでこすり取ると、そのままかぶりついた。果汁があふれ、指をつたい、ぽたぽたと地面に落ちた。ぬるい果肉を嚙みちぎる。

「甘いか」

寝そべったままの全さんが訊く。社殿の方から鐘を鳴らす音が遠く聞こえた。

「甘いです」

「うまいか」

「うまいです」

こぼれる汁をすすり、飲むように食べる。喉から直接、体に染み込んでいくようだった。夢中になってかじり、息を吐くと、大きかった桃は赤い繊維をまとわせた種だけになっていた。

全さんはまだ動かない。目を覆ったまま死体のようにじっとしている。

私の尻のすぐ横に大きな節くれだった手があった。肩をかした感触がよみがえり、手に触れてみたくなった。

桃の甘い汁で汚れたべたべたの手を、枯れた古木のような手にからませてみたい。

それは衝動だった。激しい空腹のような。

どうしていいかわからなくなり、「昨夜の焼きおにぎり食べたいです」とつぶやいた。

「弁慶飯というらしいぞ」

全さんがゆっくりと目を覆った腕をどける。血色が戻ってきていた。

「駅にあるだろう。今度は山側から帰るぞ」と深呼吸をする。

このままもう少し横になっていて欲しい、と思った。まだ帰りたくはなかった。

6

こうやって思い返せば、気づくきっかけはいくらでもあった。

あのひとが五、六時間おきに飲んでいた鎮痛剤がどれほど強力な薬で、どんな病気だったらそれが必要か、そして入院もせずに痛みだけを緩和させる状態がどういった意味を持つのか、調べればすぐにわかったはずだ。

乱暴なようで優しい物言い、無作為なのか投げやりなのか判断のつかないふるまい、そうかと思えば、ぞくりとする執着を枯れ木のような身にたぎらせる。過剰で、気ままで、そのくせ、たわむれに夕陽のような懐の深さを見せた。

普通では、なかった。

けれど、そのすべてを、私は才能のある人間ゆえのものだと思い込んでいた。

気がつかなかった。疑いもしなかった。

かさついた肌の、あのひとの体の中が、熟《う》れすぎた果実のようにぐちゃぐちゃに朽《く》ちていっていることを。もれだす腐臭を嗅ぎつけることができなかった。

突然の事故で父を失ってなおも、私は死のにおいに鈍感だった。

それは私が若く、圧倒的に死から遠かったせいだ。

四肢は思いのままに動き、血はくまなく体をめぐり、悲しいことがあっても時がたてば腹が減った。疲れを覚えれば、どこででも眠れた。そして、目覚めると生まれかわったように回復した肉体があった。疲労も、胸が軋むような記憶も、蓄積することはなかった。

あの頃からまだひとまわりも歳をとっていない。今の私だって、あの頃の彼よりはずっと若い。それでも、記憶の中の自分は眩しいほどに若い。若く、傲慢で、痛々しい。

羽黒山に登った日、彼が動けるようになるのを待ってから、バスで下山した。今度は山側からだという彼に従い、電車を乗り継いで、新庄《しんじょう》から新幹線に乗った。バスの停留所近くの茶屋でソフトクリームと胡桃《くるみ》だれの団子を食べ、駅では山菜蕎麦をすすり、おにぎりも二つたいらげた私はシートでうとうとと舟を漕いでいた。

ふくらはぎと太腿にけだるい疲れが絡みついていた。日差しを浴びた肌はひりひりと熱い。昼過ぎのローカル線の、まばらな人の気配と電車の揺れが心地好かった。とじたまぶたの上を、青々とした梢がつくる影が通り過ぎていく。

新幹線に乗り換えると、まどろみは深い眠りに変わった。光も届かない洞穴の底で、ただすうすうと息を吸って吐くだけの小さな生物になったかのような、自我も意識もなにもかもおよばない眠りだった。

それなのに、私はふと目を覚ましたのだった。声をかけられたわけでも、新幹線が揺れたわけでもない。空調のきいた車内は静かだった。けれど、細い糸で音もなくひっぱりあげられるように、まぶただけがひらいた。目の前に、烈《はげ》しい男の顔があった。

傾きかけた陽に照らされ、目の奥でなにかがのたうっていた。あがくように、抗うように、命を燃やすように、ぎらぎらと暗く輝いている。その目が食い入るように私を見つめていた。

息を呑んだ。なぜか、喰われる、と思った。

それは、いままで目にしたことのない人間の顔だった。今でも、その顔をなんと形容したらいいかわからない。

でも、不思議と恐ろしくはなかった。喉が詰まり、なぜだか泣きたくなった。目の前の男の頭を胸にかき抱き、声をあげて泣きたいと思った。

切なかった。そして、愛おしかった。

あの瞬間、私ははじめてあのひとを抱きたいと思った。抱きながら、あのひとに食われてしまいたかった。

けれど次の瞬間、すべては消え失せ、「口あいてたぞ」と唇の端をゆがめるいつもの全さんがいた。

「どうして」と私は言った。「知らねえよ、おまえの口だろ」と笑う声を遠く聞いた。

さっきまでの息苦しいくらい濃密な空気がひどくよそよそしいものに変わっていた。

夢から覚めたような気分の中で、なにかを逃してしまった感触だけが生々しく残っていた。

どうして、眠る私を見つめていたのか。

なにを考えていたのだろう。私が当たり前のように持つ若さや生を妬んだのか。自分の命を弄《もてあそ》ぶ運命を憎んでいたのか。あの暗い目の中にあったのは絶望だったのか、生への渇望だったのか。

そこに私はどんな風に映ったのだろう。

眠れぬ夜、答えの返ってこない問いは、身の裡からつぎつぎにわいてくる。暗闇に伸ばした指先が、写真集のつるつるとしたカバーに触れた。

手をひっこめて寝返りをうつ。

あの時、私は「どうして」の後を言えなかった。あのひとが抱えるものにも気がつけなかった。わたわたと無様にごまかして、寝たふりをした。

あのひとはもう眠る私を見つめなかった。

そうして、私たちの一度きりの旅は終わった。

＊

新幹線を降りると、「すみませんが、学校に寄ってもいいでしょうか」とわざとかしこまった口調で訴えた。

「夏休みじゃないのか」と驚く全さんに、まだレポート提出が残っていることと、そのための本を借りたいから図書館に行きたいのだと早口で伝える。半分は嘘だった。レポートのための資料はもう家にあったし、レポートの提出は夏季休暇明けでよかった。けれど、おそらく不真面目な学生であっただろう全さんは気圧《けお》されたように「そうか、そうか、わかった」と顎を揺らして頷いた。

駅構内の人の群れを避けながら全さんがつぶやく。

「悪かったな、試験期間中に連れだして。おまえ、草むしりなんかして暇そうに見えたから」

「草むしり」

庭で雑草を抜いていたのは昨日のことなのに、ずいぶん昔に思えた。私に摑みかかってきた白いワンピースの女の人、車窓にひろがった海、西日に目を細める母の顔、そして、山の奥まで続く石段と杉の木立。数々の景色が脳裏を走り、眩暈《めまい》に似た感覚におちいる。

「あれは気分転換ですよ」

まだ帰りたくないという気持ちを隠して、また嘘をつく。慣れない嘘が薄気味悪くも面白くもあった。

せめて日が暮れるまでは旅の残り香を味わっていたかった。いや、違う、全さんともうひとつくらい景色を共有したかった。夕飯に誘うには早い時間で、私が全さんを連れていける場所で思い浮かんだのは大学しかなかった。今なら人も少ないだろう。

混みあう電車に乗り、立ったまま横並びで揺られた。

一番高い位置にある吊り革でも、肘を軽く曲げた状態で摑める。ぶらさがるようにして吊り革につかまる背の低い友人たちは、たいてい途中から私の腕や背中にしがみつく。その柔らかな感触を思いだして羨ましくなる。私の身長が普通の女の子並みに低かったら、全さんの体に自然に手を伸ばせるのに。

想像してみて、ない、と思った。身長うんぬんの問題ではない。私にはそういった女性らしい媚態や愛嬌が皆無といっていいほどないのだから、自然になんて不可能だ。

吊り革の手を持ち替えると、Tシャツからすえた臭いがした。羽黒山で滝のように汗をかいたことを思いだす。すっかり乾いてはいるけれど、皮脂や塩気をたっぷりと吸い込んでいることだろう。

長袖シャツの全さんに目をやり、肩をかした感触がよみがえる。支えることならば自然にできるのかと思うと、笑いがもれた。

どうした、と言うように全さんが顔を傾けてくる。

「山で」あの時の全さんの必死の形相を思いだし吹きだしてしまう。「山で、全さんめちゃくちゃばててましたよね」

「そうだな」

吊り広告に目を向けながら頷く。

「感謝してくださいね。私、恩人ですよ」

全さんは週刊誌のごちゃごちゃした広告を見るともなく見て、「そうだな」ともう一度言った。

「おまえがいなきゃ死んでいたかもな」

大げさな、と思う。相変わらずの軽口。

「おまえ、牛みたいだった。足を踏みしめてぐいぐい登ってさ」

「前も言ってましたよね」

うんざりした声をあげながらも、前と違って針で刺されたような痛みを覚えた。牛か、荷を運ぶ頑丈なだけの動物。どうせ私なんか、という黒いもやが胸にひろがっていく。

「のろまとか、頑固とかいう話ならもういいですって」

なにか言いたげな全さんをさえぎり、リュックからペットボトルをだしてぬるい液体を口にふくんだ。喉に詰まり咳をすると、嘘くさい茶葉の匂いが鼻に込みあげた。

大学構内は廃墟のようにがらんとしていて、裏門から入って図書館に行くまでほとんど人の姿を見かけなかった。研究棟へ向かって歩く白衣姿の男性を見かけただけだった。

全さんは古い講堂と銀杏並木に目を細めたり、下手くそなイラストの描かれたサークル勧誘の立て看板に苦笑したりしていたが、「こういう雰囲気ひさびさだな」と巻き煙草を咥えた。

「ここで待ってるからゆっくりしてこい」

白い煙を吐きながら図書館前のベンチに座る。私は頷いて、財布から学生証をだした。昨日、家を出る前に財布に入れたお金はほとんど減っていなかった。旅の間はずっと全さんが払ってくれていた。なにか記念になるものでも買ってくればよかったと後悔する。

耳が痛くなるほど静まりかえった書架の間を歩くと、ひなびた紙の匂いと共に大学生という日常がじわじわと肌に浸み込んでくる気がした。夏が終わったら授業がはじまる。そうしたら、こうやって全さんとふらふら過ごすことも減っていくのだろう。それでも、近所なのだから夕飯くらいはときどき一緒に食べられるはずだ。

ひと気のない閲覧室を横切り、細長い窓から外を覗くと、ベンチで足を組む全さんの姿が見えた。ほっとして書架に戻る。

和食中心のわかりやすそうな料理本を二冊ほど手に取り、美術書の棚へと行ってみた。胸くらいの低い本棚に、重量感のある大型本が並んでいる。写真集の背表紙に「廣瀬全」の名を見つけて足が止まる。何冊かある。芸能人を撮って話題になったものはなかった。

一番大きなものを両手で引き抜き、本棚の上でひらく。

真っ白な裸体が目に飛び込んできた。

黒々と波打つような地面に女が寝転んでいる。死体のように手足を投げだしているけれど、目だけはこちらを挑発的に睨みつけていた。水を吸い過ぎた果実のように歪《いびつ》に肥え、たわんだ肉がいまにも滴りそうだ。けして美しいとはいいがたい体が生々しい。よく見ると、地面は木の根に覆われていた。うねうねと女の体を呑み込もうとするように這っている。いや、女の体から生えているようにも見える。脚の間の黒い茂みから——

反射的に、閉じていた。分厚い写真集が大きな音をたて、飛びあがってしまう。絡まり合いながら地面を這う根が動いたような気がした。重油のようにぬらりと。

胸に手をあてて動悸《どうき》が収まるのを待って、写真集を本棚に戻すと、逃げるようにその場を離れた。

小走りで図書館を出る。辺りは燃えるような色に染まっていた。ベンチに腰かける全さんが私を認めて顔をあげる。西日の影になって表情がわからない。夕焼けでまだらになった空が不安をかきたてる。

駆け寄ろうとした時、すれ違った二人組の一人がふり返った。

「柏木」

里見だった。整った顔がまっすぐ私を見ている。さらさらの茶色い前髪が夕陽でところどころ黄金色に光った。「あ」と返事にならない返事をする。こんなに目立つ人にどうして気がつかなかったんだろう。

里見のそばに立つ女の子が、小さく「フジ」とつぶやいた。菜月がうつむき加減に笑いかけてくる。悪戯がばれた子供みたいな、けれど、嬉しさを隠せない顔をしていた。その表情を見て、そういうことか、と腑に落ちる。あと一週間もしないうちに里見のセックスの仕方を菜月から事細かに聞くことになるのか。まあ、こうやってデートすることを知らされていないということは、私は女子たちの内緒話の輪から外されたのかもしれないのだけど。現に、菜月はなんとなくバツが悪そうに足をもじもじさせている。足首をリボンで巻く可愛いウェッジソールのサンダルを履いていた。

「柏木」と里見がもう一度言い、一歩近づいた。私は「あー」と片手を挙げて制すと、肩からリュックを下ろしてTシャツでくるんだ桃を取りだした。

「はい」と里見に渡す。帰り際に鶴岡駅前の青果店で買ったものだった。「ほい、菜月の分も。山形土産。びっくりするくらい甘いよ」ぎこちない空気を払拭したくて、まるで露天商のように桃のうまさをまくしたてる。

桃に鼻を寄せながら里見がくすりと笑った。

「こんな生ものをそのまま持ち歩いて。もし会えなかったらどうするつもりだったの」

「食べながら帰る。丸ごとかじるとおいしいよ」

即答した私に「ワイルド」と目を細める。菜月は微妙な笑顔のままだったけれど、里見の変わりない態度にほっとした。リュックを背負い直しながら横目で見ると、全さんが立ちあがって歩きだそうとするところだった。

「じゃあね、お邪魔しましたー」

わざと明るい声をだして、里見と菜月に背を向ける。誰が見ても邪魔者だ、さっさと退散しよう。全さんを追いかけようとすると、「柏木」と里見の声がした。

「靴紐ほどけてる」

「ほんとだ、ありがと」

でも、直す暇はない。里見に手をふりつつ急いだ。ほどけた靴紐がぴしぴしと足首にあたる。長身を持て余すようにゆらゆら歩き去っていく背中に「全さん！」と叫ぶ。

「なんだよ」

見慣れた構内で、ゆがみ笑いがふり返る。

「お友達とゆっくり話しとけ」

「どこいくんですか」

全さんはゆっくりと空を仰いだ。辺り一面を彩っていた大きな太陽はもう雲に呑まれかけ、青みがかった空気が漂いはじめていた。カラスの鳴き声が遠く離れていく。

「雨が降りそうだから傘でも買ってくる。ああいうごつい夕焼けの後はひと雨くることあるからな」

「傘なんて使うんですか」

手が塞がることを好まない気がした。全さんは片手を腰のポケットに突っ込んだまま、

「いや、おまえの」とあくびをした。「このあと、夕飯いくんだろ」

当たり前のように言ってくれるのが嬉しかった。でも、頭の中にはさきほど見た全さんの白黒写真が焼きついていて、笑おうとしたけれどうまくいかない。

「なんだ、変な顔して。腹が減ったのか」

小馬鹿にするように笑い、髪をぐしゃぐしゃと掻きまわされる。ぐいぐい頭を押してくるので、そのましゃがんで靴紐を結びなおした。

立ちあがると、里見と目が合った。桃を手に持ったまま、同じ姿勢でこちらを見ていた。

「おい、いいのか」

全さんがにやにやしながら私を肘でこづく。

「そういうんじゃないですから。前に話した友達です」

「ああ、あのいい奴か。猫みたいな」

「ちょっと、声が大きい」

叩こうとした私の手を避けながら、全さんは里見たちに向かって顎を突きだすようにして軽く頭を下げた。里見はわずかに驚いた顔をして、視線を私たちに注いだまま礼を返した。いつもクールな里見にはめずらしい表情だった。

「じゃあ、またね」と私はもう一度手をふった。

図書館の周りの植え込みを曲がると、「ほんと猫みたいだな」と全さんが笑った。「警戒してやがる」

「美形だったでしょう」

私の問いかけに全さんは首をひねった。

「マネキン人形みたいにきれいな奴はごまんと見てきたからなあ」

金属の棒で貫かれたような痛みが心臓に走る。写真集の裸の女がまたよぎった。あの女の人は一般的なきれいさからは遠いように見えた。でも、目をそらせないなにかがあった。あれが色気というものなのか。誰なのだろう。全さんと関係があった人なのだろうか。

「人間の美醜なんて、すぐにわかるものじゃない」

突き放すような喋り方をする時は、たぶん嘘を言っていない。

「じゃあ、いつわかるんですか」

ああいう体が好みなんですか。下品で、いやらしい感じの。言葉を呑む。野蛮な言葉が呑んでもわいてくる。胸がちりちりした。植え込みに手を伸ばし、好き勝手に伸びた名も知らぬ植物の葉をちぎり取る。青い匂いが散った。

全さんは私の質問には答えず、「なに食いたい？」と歩を速めた。

一枚、二枚と葉をひきちぎり「串刺しになった肉」とつぶやいた。今日はなんだか心臓が邪魔で仕方ない。


熱気とも湿度ともいえないもったりした空気をかきわけてサラリーマンのあふれる繁華街を抜けた。前を歩いていた全さんがふり返り、路地裏の奥の赤提灯《ちょうちん》を指す。

紺色の暖簾をくぐってカウンターだけの店内に入り、脚の錆びたパイプ製の丸椅子に座る。煙と脂の匂いが充満している。もつ焼き屋だった。壁一面に貼られた短冊に目を走らせ、トマトジュース酎ハイを頼む。

瓶ビールを注文した全さんが目で、なんだそれ、と言ってくる。

「だって、今日、日焼けしたから」

全さんが口をひらく前に「おまえが日焼けなんて気にするのか、とか言わないでくださいね」と釘を刺す。「めんどくせえな」と言われたが、「言う気満々でしたよね」と言い返した。

奇妙に濡れた質感のソバージュ頭のおばさんが威勢よくビール瓶の栓を抜く。全さんは瓶とグラスを受け取り、「そういえば今日だったか」と呻くように言った。「羽黒山に登ったのは。ずいぶん前に思えるな」

「お疲れさまでした」

「お疲れさん」

グラスを掲げ合う。かすかに塩気のある赤い液体をごくごくと飲む。冷たさが心地好い。胃の底がアルコールでほんのり熱くなってきたのを見計らうように、注文したガツ酢味噌が目の前に置かれた。

「ガツってなんですか」

「知らないで頼んだのか」

「豚の胃だよ！」とソバージュおばさんが忙しく動きまわりながら言う。おそるおそる口に運ぶ。湯引きされたガツは貝のようにこりこりした食感で、臭みはまるでなかった。かかっている赤味噌もほどよく辛くてどんどん箸が進む。

全さんにも勧めたが、「ちょっと腹が張っている」と首をふった。カウンター台の上に置かれたビールジョッキにびっしり刺さった谷中《やなか》生姜を「これ」と指す。

むっつりと黙り込んだまま串を焼いていたおっさんが、ばたばたとうちわであおぎながら目をすがめて全さんを見た。禿げ頭を覆う手ぬぐいが黄ばんでいる。

「お客さん、なにやってる人？　なんか見たことある気がすんだよね」

「さあ、ただのジジイだよ」

全さんがへらへらと軽薄に笑う。

「そうかなあ、そんな感じじゃないよ」

「なにやってんだよ、お客さん待ってんだから無駄口叩いてないで早く焼いてくれよ！」

ソバージュおばさんの罵声が飛ぶ。

「俺が無駄口叩こうが黙ってようが焼きあがりは変わらねえだろ」と、手ぬぐいおっさんも怒鳴り返す。焼けた串を皿にのせながら「口だすんじゃねえっての」と毒づく。

「ああ？　なんか言ったかい！」いがみ合う夫婦を常連らしき客たちは苦笑しながら見守っている。

全さんも喉の奥で笑った。優しい目で人間を見る人だと思う。焼けたばかりの肉厚のレバーに歯をたてる。肉が柔らかくて甘い。生ビールを追加する。もわっとした臓物と血の匂いに食欲が凶暴に刺激される。

「全さん、名乗らないの？」

谷中生姜を齧《かじ》り、ビールをちびちび飲んでいる全さんに小声で訊く。コブクロ、タン、シロ、軟骨、砂肝と二本ずつやってきたのに、まるで手をつけない。タレがとてもおいしいので、つくねは塩とタレの両方いきたいのに困る。

「名乗らない」

「全さんってけっこう有名人なんですね」

「まあ、テレビとかでたこともあるからなあ」

興味なさそうに言う。そういえば、一線で活躍する人々に密着する有名な番組で全さんが特集されると、父が嬉しそうに録画していたことがある。途中までしか見なかったが、鬼気迫るほど怖い人だったイメージしかない。隣に座ってる男とは別人に思える。

店の奥のテレビがナイター中継からお笑い番組にチャンネルが変えられた。手ぬぐいおっさんが舌打ちをする。

「素性がばれるとまずいんですか？」

「いや。これ、やる」

つきだしの大根おろしのせ焼き明太子を私の方へ寄せてくる。

「昔さ、こういういい感じの店で、さっきみたいに店主に声をかけられたことがあるんだよ。何回か行っていた店だったから、たまたま持っていた写真集をあげた。喜んでくれたんだよ、サインとかお願いされたりしてさ」

谷中生姜のピンクと緑の中間の部分をつまんで眺めている。

「で、店を出て、忘れものに気づいたんだ。なんだったかな、ライターか小銭入れか、そんなちょっとしたもんだ。そしたら俺の写真集を手に持った店主が常連と『知ってる？』『さあ？』って苦笑いしていてさ、言ったんだ。商売人にはアートとかちんぷんかんぷんですよって。まあ、客商売なんだから客からものをもらったら喜んでみせるしかないよな」

なんと言えばいいのかわからなくて、ひたすら串を食べた。なにか気のきいた相槌《あいづち》を求められている感じもしなかった。肉を歯で咥え、しごき取り、皿が裸の竹串だらけになると、煮込みとウズラを注文した。

「さすがに疲れたな」

テレビの音にかき消されそうな声で全さんが言った。まだ瓶ビールが半分も残っているのに、めずらしく顔が赤い。いや、赤黒い。片手で腹を押さえている。

「全さん」

大丈夫ですか、と言おうとしたのに、急ににやついた顔を向けられて言葉がひっこむ。

「おまえさ、さっき一緒にいた子のこと気になってんじゃないの？」

「はい？」

「図書館前で」

「だから、友達ですって」

「そうじゃなくて、女の子といただろ」

「ああ」と生返事をする。そっちも私の友達だということは面倒臭いので黙っていた。

「別に気になりませんよ、誰とどうなろうが。別に私の所有物じゃないんですから」

別に、を二回言ってしまったことに気づいて、しまったと思う。これでは、本当は気にしているみたいだ。

「ふうん」と、全さんは案の定ますますわざとらしい笑みを浮かべた。「なんですか」と煮込みに箸を突っ込む。葱とモツをぐちゃぐちゃと混ぜる。

「淡泊なんだか、臆病なんだか」

「臆病？」

「人に対して執着心を持っちゃうのが怖いんじゃないの、おまえ。友達が女と二人でいたら気になってもおかしくないだろ。そんなんだから、うまく恋愛できないんだよ」

無視して、運ばれてきたウズラにかぶりつく。芳ばしい皮の下から熱い脂がこぼれて舌を焼いた。

「あつっ！　もう、食べているときに変なこと言わないでくださいよ」

「鶴岡でおまえに説教されたからお返しだ。まさかなあ、男を知らないようなやつにあんなこと言われるなんてな」

「お返しって。全さんはいつだってぽんぽん言いたい放題じゃないですか」

ビールジョッキをぐいっと傾けて、またウズラを手に取った。指でひき裂いて、細い骨にまとわりついた肉をしゃぶる。全さんはなおも憎まれ口を叩いている。

カウンターの奥に座っていたポロシャツの中年男性が立ちあがり、店を出ていった。私の後ろを通った時、全さんが私の背中に軽く手をあてた。体温があがる。急いで、全さんの瓶ビールを自分のジョッキに注いで飲み干す。まだ酔ってはいない。頭はしんと静かだった。全さんがなにか言って声をあげて笑った。

「じゃあ」と私は口をひらいていた。

「全さんが教えてくださいよ」

「は」と言うように全さんの口もあいた。

「私に、男を」

空気が止まった。全さんが空気に呑み込まれて動けなくなったのを、私はまじまじと観察した。虚をつかれる、とはこういう状態のことを言うのだなと他人事のように思う。

「馬鹿か」

言葉を発したと同時に、呪縛から解き放たれたかのように、全さんの温度がすっと下がったのがわかった。瞬間、血が逆流して羞恥と後悔が込みあげる。

「飲み過ぎだ。帰るぞ」と、全さんが立ちあがる。

逃げられた。頭の中がまっしろになる。

「そんなに飲んでいませんよ」

届かないつぶやきを空になったジョッキに落とす。唇を噛むと、水滴やタレで汚れたカウンターに置き去りにされた全さんのサングラスが目に入った。

会計をする全さんをうかがい、黒いサングラスを摑んだ。骨みたいに軽い。リュックのポケットに隠す。

カウンターに両手をついて立つと、勢いで丸椅子が転がった。店中の視線が集まり、ますます体が熱くなる。全さんだけが私を見なかった。

タクシーを停めた全さんは家に着くまで一言も喋らなかった。ひんやりした沈黙の中、つくねを食べ忘れたことに気づき、こんな時にそれか、と情けなくて泣きそうになった。

「ゆっくり休めよ」

それだけ言って、全さんは真っ暗な廣瀬写真館へと消えていった。今日はお風呂いいんですか、と訊く間もなかった。有無を言わせぬ拒絶が鎧《よろい》のように全さんを包んでいた。

のろのろと家に入り、居間にリュックを放った。父の仏壇を見られなかった。

「喉かわいた」

ひとりでつぶやいてみる。台所の水道から水を直接飲んで、そのまま蛇口の下に頭を突っ込んだ。

うわあああ、と大声をあげる。

けれど、浄水器を通した水は思ったほどには勢いがなく、こめかみの辺りから顔にかけてだらだらと流れ落ちていっただけだった。しかも左耳の中に水が入った。慌てて頭をひく。水滴が台所の床に散ったが、期待していたずぶ濡れとはほど遠く、泣くことすらできなかった。なにをやっているんだ、私は。

蛇口の先の浄水器を見つめる。銀色の金具が光っている。アタッチメントだっただろうか、全さんが買ってくれたものだ。

中途半端に濡れた頭皮が臭った。体もべたべたしている。もうなにもかも投げ捨てて布団に飛び込みたかったけれど、さすがにシャワーくらい浴びなくてはいけない。

思いだすと死にたくなる。でも、恥ずかしさなんかでは死ねない。当たり前のことだ。

重い足をひきずって浴室へ行った。ざばざばと湯を浴びて、タオルを巻いたまま布団に座ると、あっという間に泥のような眠りに落ちた。

目覚めたら、見慣れた天井が薄く灰色がかっていた。外はぼんやりと明るく、雨の音が聞こえた。

やっぱり降ったんだ。

生乾きで絡まりあった髪の毛をかきまわし、枕に顔を埋める。全さんとのことを思いだすのを体が拒否しているかのように再び眠った。

雨は一日中、降っていた。菜月から着信があったが、放置しているうちに電池が切れてしまった。携帯電話を充電するのさえ億劫だった。ときどき起きて水を飲む以外はなにもせず、ただ雨音に身をまかせてとろとろと眠りにたゆたった。

杉林の夢をみた。奥まで緑にそまった山で、杉たちは光と水蒸気を吸って空へとぐんぐん伸びていた。体のすみずみまで森の呼気が行き渡るような夢だった。

全さんは訪ねてこなかった。

次の朝、カーテンからもれる強い光が額に刺さった。呻きながら起きあがると、外は強烈に晴れていた。空の色も、雲の勢いも、大気の密度も、なにもかもが過剰だ。家の裏手から蟬の声まで聞こえてきた。

ラジオが梅雨明けを告げている。たった一日で季節が夏に占領されていた。

トーストに目玉焼きをのせた簡単な朝食を済ませると、シャワーをあびて歯を磨いた。布団をたたんで、洗濯機をまわし、掃除機をかけた。なにも考えないように体を動かして、洗濯物を干し終えると、その足で玄関を出た。

斜め向かいの廣瀬写真館へ向かう。色褪せたポスターを見つめながらガラス戸を叩く。声をあげても全さんは出てこない。家の中は真っ暗だ。強すぎる日光のせいでよく見えない。

もう一度、もう一度と、首の後ろをじりじりと焼きながら叩き続けた。

昨日降った雨のせいでひどく蒸し暑い。気温の上昇と共に息苦しい怒りが込みあげてきた。

せめて笑ってくれたらましだったのに。大人ならうまく流せよ。

心の中で全さんを罵《ののし》っていると、角を曲がってくる車の気配がした。見ると、白いライトバンがこちらに向かってやってくる。運転席には小柄な影が見えた。三木さんだろうか。相手も気づいたようで、スピードを落としながら歩道に乗りあげて停まった。

ひらりとショートヘアの女性が降りて、音をたてて車のドアを閉めた。三木さん一人だった。今日はタンクトップ風のカジュアルなミニワンピースに使い込まれたドクターマーチンのブーツを履いていた。薄手のパーカーをだらりと肩にかけている。とても可愛い。可愛いだけではなく賢そうで、自分に似合うものをよく知っているという自信にあふれている。

「藤子さん、どうしました？」

俊敏な動きで三木さんが距離をつめてくる。黒い吊り目がまっすぐに私を見た。

「スーパーに行くので、なにかいるものはないかと思って……」

言ってから、全さんの身のまわりのことは全部この人がやっているのだと思いだす。

「あ、すみません。三木さんが車で行きますよね。いや、ちょっと気になってしまいまして。でも、出てきてくれないので帰ります」

わたわたと言い頭を下げたが、三木さんはどいてくれない。

「出てきてくれないんじゃなくて、いらっしゃらないとは思わないんですか？」

「え」と返答に窮する。

「ご旅行中になにかあったんですか？」

三木さんの眉間に皺が寄る。この人、勘が良い。

「なにか、先生が居留守を使わなくてはいけないようなことが」

「や、そんな、全さんはなにもしてないです」

慌ててぶんぶんと首を横にふってみせる。

「藤子さん」と、三木さんはますます鋭い目で私を見た。怖い。怯えた様子が伝わったのか、表情をゆるめてふうっと息をはく。けれど、肩の辺りにはまだ緊張が見える。

「ここだけの話です。いいですか、先生にふりまわされては駄目です。先生が言うことは話半分に聞いておいた方がいいですよ。つけ込まれてはいけません」

素行の悪い子供の話をするような口ぶりだった。

「え、でも三木さんは……」

「ええ、先生のことは尊敬しています。素晴らしい写真家だと思っています。でも、そのこととは別でいろいろ問題のある人なので。先生の女癖の悪さは病気ですから」

「女癖って」

この人は私と全さんのことを疑っているのだろうか。ごうっと飛行機の音が空で響いて陽がかげった。

「藤子さんは先生のご親戚ではないですよね？」

思わず正直に頷いてしまう。

「で、でも、親戚みたいなものなんですよ。小さい頃からご近所で。おじいちゃんみたいなものですよ。嫌だな、もう、そんな変な風に捉えないでくださいよ」

慌ててへらへら取り繕ったが、三木さんはにこりともしなかった。

「この間の女性ですが」

「はい、あの全さんにご執心の」

「藤子さんがいなかったら、先生は出ていかなかったと思います。いつもなら、関係を切ることとすらしません。誰が泣こうが、騒ごうが、自殺未遂しようが、興味を失ったら終わり。そういう、人です」

冷酷な、という言葉を呑み込んだのだろう、三木さんが口をへの字にして黙った。

「それでも、先生のまわりには女性が絶えません。なぜか、わかります？」

「まったく」と思ったままを言うと、三木さんがちょっと笑った。八重歯が見えて、かすかに親しみがわいた。

「先生は、その時、その場所にいたその人を、切り取って残すことができるから、です」
よく、わからなかった。
「藤子さんは若いからわからないかもしれないけれど、あたしたちは毎秒失っていって
いるんです」
同じように若く見える三木さんは言った。
「それでも、人は残したい。誰かに見てもらいたい。特に先生は男と女の間にあるもの
を捉えることに秀でています。百人いれば百通りの方法で女を泣かすことができる。女
の懐に入り込んで丸裸にしてしまいます」
「ちょっと、私は裸になんてされてませんよ！」
大きな声をだしてしまった私を、三木さんは目をまん丸にして見て「たとえですよ」
と吹きだした。ひとしきり笑って、それから、また真面目な顔に戻った。
「でも、女の人がすべてをさらけだしても、先生は客観性を失いません。すると、だん
だん相手がおかしくなっていくんですよ。カメラマンの職業病でもあるのでしょうけど、
先生はどんな関係でも引き返すポイントを見失わないようにしている感じがします」
そう言ってから、「まあ、男はたいていそうか」と小首を傾げて私を見た。
「私はそういうのはちょっとわかんないです」
「え、そうなんですか」

「だって、こんなですよ。まともに彼氏がいたこともないですから」

笑いながら言うと、三木さんは査定するように私を見上げた。彼女の胸元がうっすら汗ばんでいる。酸っぱいような甘いような香りがした。落ち着かない。当たり前のように美人でお洒落な人には、私のような壊滅的にモテない女がいることは想像できないのかもしれない。

「全さんなんて、私のことぜんぜん女として見ていないですよ」

視線から逃れたくて後ずさりする。ようやく我に返った。身近にこんな助手がいる人に自分はなんてことを言ってしまったのだ。相手にされなくて当然だ。全さんの目に映った自分を思うと、恥ずかしさと居たたまれなさで体から火を吹きそうになる。

「そうでしょうか。あたしは、藤子さんはとても魅力的だと思います」

「いいです、いいです」

「なんていうか、プリミティブな感じがあって」

「プリミティブって、原始的ってことですか……」

ぐったりしながら言うと、「先生は見てくれだけの女性性なんかに惑わされませんよ」とぴしゃりと返された。

「先生なら藤子さんの魅力を教えてくれると思います。でも、あたしはお勧めしません。不幸になります。そういう人をたくさん見てきましたから」

はきはきと喋りながらも三木さんは少し悲しそうだった。心配してくれているのだろうか。

「大丈夫です。そういうんじゃないんです。なにかして欲しいとか、写真に撮って欲しいとか、そんなこと思っているわけじゃないです。ただ……」

「ただ？」

「全さんをすこし知りたかっただけなんです」

「それは」と三木さんの目の憂《うれ》いが深くなった。

「不可能だと思います。先生は自分を絶対に見せませんから。どこまでも独りなんですよ」

「三木さんにもですか？」

「もちろんです」と微笑む。パーカーのフードを被ると、「話しすぎましたね」とライトバンの方に顔を向けた。

「ちょっと運び込まなくてはいけないものがあるんですよ。手伝ってくれますか？　あ、先生は正真正銘のお留守ですよ」

私の返事を待たずにライトバンの後部ドアを勢いよく開ける。その背中に慌てて質問をぶつけた。

「昔からですか？」

「先生ですか」

「はい」

「どうですかね。あたしはよく知りませんけど……昔、娘さんを亡くしたそうです。その頃からみたいですね」

「娘？」

再会した暗い夜、家を訊く私に「ねえよ」と言った顔がよみがえる。

「はい、生きていれば藤子さんくらいかもしれませんね。だから、あまり無防備に先生に近づかないでやってください」

三木さんがふり返る。わかりますよね、と言うように口元だけで笑う。蟬の鳴き声がいっそう強くなった。こめかみから顎にかけて汗がつたった感触がした。

彼女が心配しているのは、私じゃなくて全さんだった。

7

日に日に太陽の影が濃くなっていく。

空から降りそそぐ熱線は目を潰しかねないまばゆさで、昼間はまったく外に出る気になれなかった。私は体中にじっとりと汗をにじませ、ただ息をするだけの物体となって、畳に転がっていた。

暑さが息苦しさとなって体に絡みついてくる。

なにも考えたくないのに、強い日差しが作る黒い影は全さんを思いおこさせた。

呼吸が浅くなる。羞恥なのか、焦燥なのか、変に気が昂ぶり、胸がきりきりと痛む。

一秒でも早く全さんの顔を見て、言ってしまったことを冗談だと笑い飛ばしたい。早く、早く、そうしないと全さんが手の届かないところへ行ってしまう気がする。

そう思うのに、動けない。水を吸ったように体が重い。

――先生はどんな関係でも引き返すポイントを見失わないようにしている感じがします。

三木さんの言葉が何度も頭をよぎる。

わかるようで、わからない。そもそも私と全さんの関係はそんなに深いものではなかった。確かにいろいろ迷惑をかけてはいるが、こんな風にいきなり避けられるほどのことをしただろうか。もしかすると、避けられているのはあの一言だけのせいではないのかもしれない。自分では気がついていないだけで、入ってはいけない境界線を踏み越えてしまったのか。

考えながらも、最も嫌な可能性を考えないようにしている。

飽きた。

面倒臭くなった。

興味を失った。

ばっさりと切られてしまうことを恐れるあまり、避けられている理由を深読みしたり、最初からなんの関係もないのだと思い込もうとしたりする。避けられているかどうかすら定かではないのに。

そうやって、自分の尻尾を追う犬のようにとめどなく悩み、疲れ果て、気がつけば眠りに落ちている。目を覚ますと、まとわりつく暑さがやわらいでいる。踏切の警報音が遠く聞こえ、日が暮れはじめたことを知る。

ふいに胸がざわつく。サンダルをつっかけ、斜め前の廣瀬写真館へと走り、ガラス戸を叩く。中は暗く、全さんが出てくる気配はなかった。

そんな日々が一週間以上も続いていた。三木さんが運転する白いライトバンを二度ほど見かけたが、全さんの姿はなかった。

昨日と今日の区別がつかない、暑さと後悔でぐずぐずに溶けた日々。

このままぜんぶ消えてしまえばいい。浅い眠りの底に、意識を漂わせながら願う。ふいに、脳に電子音が響いた。反射的に携帯電話を掴む。耳にあててから、全さんが私の番号を知らないことも、携帯電話を持っていないことにも気づく。

「フジ？　もしもし、フジ？」

女の子の声が耳に届く。急に起きたから心臓がばくばくしている。

落胆で痺れた頭をなんとか働かせて「菜月」と自分に言いきかせるように言う。

「やっとでた。フジ、メールしても返ってこないし。ねえ、元気にしてるの？　あ、桃おいしかった。ありがとうね」

溌剌《はつらつ》とした菜月の声を聞きながら、畳にできたよだれの染みを見つめる。私の頬にも痕がついているだろう。

「元気」と言えるほど元気でもないので、「ふつうに生きてるよ」と答える。菜月が愉快でたまらないというように笑う。面白いかな。この暑さの中、どうしてそんなに元気でいられるのだろう。

口にだしてしまったようで「えー、フジもしかしてエアコンつけてないの？」と驚かれる。キロクテキなモウショなんだよ、ネッチュウショウになっちゃうよ。菜月の言葉が、まるでテレビの向こう側から聞こえてくるみたいだ。機械的に相槌を打っていると、喋り続けていた菜月がちょっと黙った。

「ねえ」と、ささやくように言う。

「フジ、いまなにしてる？」

電話してると思いながら、「なにも」と答える。

「良かったあ。いまから、ちょっと会えない？」

やわらかく、けれど断る隙を与えない口調だった。なるほど、と思う。全さんにもこんな風に、そっと腕を絡ませるような話し方をすれば良かったのか。でも、私がしても気味が悪いと思われるだけだ。

数日ぶりに笑いがもれた。

こめかみから顎にかけての汗を手でぬぐうと、「いいよ」と立ちあがった。

菜月が指定した白っぽいカフェは冷房が効きすぎていた。

パンケーキの店らしい。どのテーブルにも若い女の子たちがいて、彼女たちの前にはクリームやアイスやフルーツがこんもりと盛りつけられたパンケーキがある。店内はバターとシロップの甘い匂いに満ちていた。冷房が効いていなかったら、夏場は匂いだけで胸やけがしてしまうかもしれない。

人工的な冷たい風にさらされながら鳥肌のたった腕をこする。最近は扇風機が似合う雑多な飲食店にばかり行っていたことに気づく。全さんの影がよぎり、また息苦しくなる。

「ベリーベリーブランとマスカルポーネハニーバターどっちにしよう。あ、黒蜜抹茶パンケーキもある、きなこアイスと白玉つきだってー」

メニューに視線を固定したまま、菜月がばしばしと肩を叩いてくる。ラミネート加工されたポップな色のメニューは、表面がつるつると光を反射して、斜めからではよく見えない。

「ハーフ・アンド・ハーフもできるみたい。ちょっと見て、よくばりトリプルだって、フジがこれいってくれたら二人で五種類食べられるよー！」

「ごめん、ちょっと食欲なくてさ」

菜月のテンションがあがりきる前に慌ててさえぎる。「え」と急に菜月の声が低くなる。

「めずらしいね」

「夏バテかな、ほんとごめん」

へらへらとした笑いを作りグレープフルーツジュースを頼む。食欲がないのは本当だった。ここ数日、なにを食べても喉に詰まったようになる。菜月はミックスベリーとフロマージュムースがのった舌を嚙みそうに長い名前のパンケーキを注文した。

パンケーキとホットケーキってどう違うんだろう、と考えていると、菜月が籠バッグから薄いカーディガンを取りだし、ノースリーブの華奢な肩にはおった。足元にはたたまれた日傘が置いてある。ちゃんとした女の子は日差しにも室温にも可愛く対策をたてる。だから、肌は白く、なめらかで、か弱そうなままでいられるのだ。私のように化粧はおろか日焼け止めすら塗らず、いつでもどこでもTシャツとジーンズでいたら、ただただたくましくなっていくだけだ。

それでも、ましなのだ。似合わない女の子らしい服装をして陰口や笑い声にびくびくするよりは。そうしているうちにどんどん差はひらいていく。

ため息をつきたい気持ちをこらえて、運ばれてきたグレープフルーツジュースをすする。苦味が気分に合っているけれど、グラスにぎゅうぎゅうに詰まった氷のせいでますます寒くなった。菜月は美肌ブレンドとかいう紅色のハーブティーをホットで飲んでいる。

「里見くんってね、けっこう甘いもの好きなんだ」

パンケーキを切り分けながら、とろけるような声で言う。ひとくち食べて「おいしーい」と目をぎゅっとする。里見の前でもこの顔をしたのだろうか。やっぱり里見の話がしたくて呼んだのか、と予想通りの展開にほっとしつつ、かすかに億劫さが込みあげる。

「こういう女の子ばっかりの店でも平気で入るの。でも、ほら、あの顔だし目立つみたいで、まわりの女の子がすっごい見てくるから一緒にいるこっちが緊張しちゃったよ」

「里見、口悪くない？」

つい呼び捨てにしてしまった。ぎくりとしたが、菜月は気にした素振りもなく「そうそう」と声をあげて笑った。私相手には嫉妬などしない。女の子のジャッジは男子とは違う残酷さがある。「毒舌で面白いよねー。でも、思ったより話しやすかった。でもさあ……」

ちょっと声をひそめる。

「あんがい遊んでないっぽい。ていうか、童貞かも」

童貞。その言葉に、息を荒くしていた同級生の多田の顔が浮かぶ。里見の静かな雰囲気とはかけ離れていた。でも、まさか、と言うほどの情報も経験もない。どう返事をしたらいいものかと悩みながら、男子が自分たちのことを処女かそうじゃないか話していたら嫌だなとうっすら思った。

菜月は先端に白いクリームのついたナイフをくるくるまわす。ベリーのソースが銀色の刃をつたって菜月のネイルを赤く濡らした。

「あっ……」

小さな舌でぺろりと舐め、照れたように笑う。目がくらむような心地がした。ああ、これは羨望だ。自信のある女の子だけが持つ輝きが菜月にはあった。

「二人っきりになってもなんにもしてこないの。手も触らない。いつもちょっとだけ微妙な間を空けられてる気がする。男子って、もっとガツガツしてない？」

「バンビだしねえ。いままでの人が軽すぎたのかもよ」

「まあ、里見くんは真面目だからね。いつも図書館にいるし。でも、嫌われているのかな、とか不安になるときがある……」

淡い黄色のパンケーキにフォークとナイフをぶすぶすと突き刺す。

「そんなことないよ。だって、こういう店とかでも一緒に来てくれるんでしょ」

菜月が目を伏せて頷く。マスカラでコーティングされた睫毛がしおらしくうなだれる。

「でも、誘ってはくれない。いつもわたしから」

「照れてんじゃない？　間を空けるのだって、意識してるってことだし……」

言葉を探しながら、グレープフルーツジュースをちびちびと飲む。首の後ろを嘘くさい冷風がすうすうと抜ける。

「大事にしてるんだよ、菜月のこと」

その瞬間、彼女の表情がぱあっと変わる。まるで光が差したように。当たり。これが菜月が言って欲しかった言葉だ。「そうかなあ」と言いつつ、口元はほころんでいる。

「好きなの、里見のこと？」

尋ねると、肩をすくめて笑った。ずりさがったカーディガンを素早く直すと、「でも、付き合ったら心配だろうな」とパンケーキの大きな塊を口に入れる。

「あれは目立つもんね」

「なによ、あれって」

「いやもう、美形すぎて同じ人に思えないからさ」

「そこまでじゃないでしょー」と菜月はまんざらでもない顔で顎をあげた。「そういえば、この間フジが一緒にいた人って誰？」

「この間って？」

心臓が飛びはねる。

「ほら、図書館前で。なんか、ちょっと怖い雰囲気の。お父さんかなって言ったら里見くんが違うって言ったんだよね」

だれ、だれ、と菜月が無邪気な顔で覗き込んでくる。誰なんだろう、あの男は。暗い夜を一緒に過ごしてくれた男は。頭を乱暴に撫でた、あの男は。

「好き、かも、しれないひとかな……」

気が緩んでいた気がする。それか、女子同士の無責任な甘い空気に酔っていたのか。自分にも浮いた話があることをアピールしたかったのかもしれない。

グラスの中で氷がくずれた。え、と菜月は息を呑んでから「いやいや、ないでしょー」と吹きだした。

「フジ、大丈夫？　なんか調子いいことでも言われた？　てゆか、どこで会ったの？　あの人、五十は超えているよね。父親くらいの歳じゃない。援助交際とかじゃなきゃありえなくない？」

援助交際。露骨で、強い響きに身がすくむ。

「いや、でも、有名な写真家で……」

「そうなの？　でも、だったらなおさら変態っぽくない？　ちょっと気持ち悪いし」

頭が、体が、凍った。声がでない。

菜月は困ったように笑いながら、気をつけた方がいいよ、とか、本当に写真家なの、とか言っている。動かなくなった頭でぼんやりと彼女の声を聞いていた。

気持ち悪い。

私と全さんは気持ち悪いのか。金銭が絡んだ関係でなくては、ありえないことなのか。里見と菜月が一緒にいた姿を思いだす。同じ年頃で、容姿に恵まれた二人の姿は、濡れた青葉の向こうでみずみずしく輝いていた。全さんのまわりにただようくすんだ影は欠片もない。

店内の甘ったるいシロップの匂いが鼻についた。自分だけが異質な臭いを放つ汚れた雑巾みたいに思えた。

菜月はもう忘れたように違う話に移っている。くだらない相槌を打って笑う。菜月の笑顔が消えないよう、怯えながら話す。

飲み干したグレープフルーツジュースはいつまでも喉の奥で苦かった。

足が勝手に図書館へと向かっていた。

菜月は買い物に付き合って欲しそうだったが、しどろもどろの嘘を並べて断った。早くひとりになりたいと思うのに、体は別の意志を持つように家とは逆の方向へ進んだ。

図書館に入る勇気も気力もなく、入り口前のベンチに座る。蝉の声が降りそそぐ。木陰はひんやりと涼しかったが、エアコンでかちかちに冷えた体の芯がゆっくりと緩むくらいの湿度と暑さは残していた。

二つ折りの携帯電話を開いたり、閉じたりする。菜月からメールがきたきりで沈黙している。誰とでも簡単に繋がれるのに、肝心な人とは誰とも繋がれない機械。メールが苦手な父の唯一の痕跡だった着信履歴は、新しいものに押されてもうひとつも残ってはいない。

薄青い膜がかかっていくように日が暮れていく。図書館の窓に灯りが点《とも》る。ひきあげ時を失い、座ったまま動けなくなる。地面に落ちる木々の影が夕闇にすっかりまぎれてしまった頃、細い影が図書館から出てきた。休憩か、飲み物でも買うつもりなのか、手ぶらだ。ベンチとすっかり同化した私の姿を認めて足を止める。

わずかに身をかがめ、やはり警戒心の強い猫のように里見が近づいてきたので、少しだけ笑ってしまった。挨拶と捉えたのだろう、里見も目を細めて笑みを作る。

「そこ、蚊いる？」

なにをしているのか、訊いてもこないところが里見らしい。

「いないよ」

座って欲しくて嘘をつく。里見は前のように三十センチほど間を空けて横に腰かけた。すらりと伸びた腕の内側に貼りつけられた脱脂綿が白く浮きあがって見える。

「また献血？」

里見が顎だけで軽く頷く。すぐに頭をふった。まっすぐな髪がさらさらと揺れた。

「やっぱ、蚊いるだろ」

不愉快な声をあげ、小刻みに体を動かすが、立ちあがろうとはしなかった。

「人間には血をあげるのに、蚊にはあげたくないんだ」

「痒いのは苦手。前も言ったけど、おれは人助けで献血しているわけじゃないからね」

蚊に狙われることを諦めたのか、脚を組んでベンチの背もたれに体を預ける。目をとじている。マスカラで補強されていない睫毛はびっしりと細く、柔和な光沢があった。

「本、好きなんだね」

「エアコン代ケチってるだけ」

そう言いながらも、里見は首の後ろを揉んでいる。

「そうだ、ありがと」

「なにが」

「さっきまで菜月といたんだ。父が死んだこと、話さないでくれたんだね」

「いや、わざわざおれが言うことじゃないし」

会話が尽きた。里見はまだ目をとじたままだったが、居心地は悪くなかった。里見が菜月についてなにも言わないことに安堵していた。

私は菜月が話した里見と、自分が知っている里見の違いを確かめにきたのかもしれない。里見は変わりなかった。奥手にも真面目にも見えない。静かに独りきりの空気をまとわせていた。

「なんかあった?」

見ると、里見がこちらを向いていた。いつの間にか体勢が変わって、背を丸めて太腿に頬杖をついている。気配のない人だ。

「ええと……」

言いよどむ。聞いてもらいたくて待っていたくせに話すのが怖い。

「なんかさ、父が死んだせいで好みが変わるとかあるのかなって」

「好み?」

「ファザコンになるとか」

「ああ、そういう好み」

「ふつうはあんまり歳の離れた人に興味を持ったりしないよね」

「ふつう、ね」と、里見が低くつぶやいた。「言われたの？　自分で思うの？」

「え」

「自分で思うならそうなんじゃない。でも、人に言われたことを鵜呑《うの》みにするのは、頭の悪い奴がすることだ」

断定的な冷たい口調だった。拒絶された気がして嫌な汗がにじむ。けれど、反発心もわいた。

「頭悪いとか良いとかじゃなくて、誰だって傷つく言葉はあると思うけど」

「まあ、そうかもね」と里見が目をそらす。「で、誰かに言われたんだ。傷つく言葉」

「傷つけられたというか……感想だと思う、その人の」

告げ口しているような気分になってしまう。菜月とは言っていないけれど、里見は見抜いている感じがした。それに、被害者ぶっている自分が格好悪くもあった。

「ファザコンって言われたの？」

「いや」

「じゃあ、なんて言われたの」

「勝手にこっちが傷ついただけだから」

「そういうの、いいから」

里見の追及が止まらない。目が合った。白い、相変わらず整った顔。けれど、妙に無表情だった。怖い、と思う。

「気になる人がいて」

うん、というように里見がゆっくりまばたきをする。

「そのこと話したら……気持ち悪いって」

「気持ち悪い、か」

里見の顔からすっと険しいものが抜けた。うんうんと大仰に頷く。

「おれ、昔すごい言われたよ」

「え、なんで！　里見なんて気持ち悪い要素ひとつもないじゃない」

「柏木が好きな奴って、この前ここで一緒にいたおっさんだろ」

息が止まる。

「わかるよ。おれもああいう感じの人、好きだから」

「え」

「タイプってこと」

息を、吸えばいいのか、吐けばいいのか。まじまじと里見の顔を見つめた。里見はどこか遠くを眺めるような目で、うっすら微笑みを浮かべている。

会話を反芻して、はっと気づく。

「いや、私、好きとは言ってないから！」

里見が目を丸くして、次の瞬間、吹きだした。体を曲げ、ひとしきり笑う。

「そこか、予想外だったわ」と目尻の涙をぬぐいながら私を見る。

「だって……」

「で、どう。おれのこと、気持ち悪いって思った？」

「や」と首を横にふる。

「なんで？　ふつうじゃないでしょ、男が男を好きなんて」

里見は笑顔のままだ。私も笑うべきなのだろうが、笑えない。「びっくりはした」と、ようやくそれだけ言う。

「そんな顔だったな」

ふんと里見が鼻を鳴らす。

「高校の頃、はじめて付き合った人があんな雰囲気の人だった。まあ、もう少し若かったけど。煙草吸ってて、雑そうなのに優しくて、家庭があってさ」

「家庭」

ぎょっとして里見の顔を見る。

「家庭」と里見がくり返した。なんの温度もない声で。それから、また薄笑いを浮かべた。

「馬鹿だったから、信じてたんだよ。でも、狡《ずる》い大人だった。おれとのことがバレた途端、さっさと仕事辞めて引っ越して。高校の警備員だったんだ。用具置き場で逢っているところを野球部の連中に見られた。鍵をかけ忘れてたんだ。丸裸で大勢の人間と目が合うって、なかなかない体験だったよ。あっという間に学校中にひろまったね」

「里見は？」

「卒業まで通ったよ。毎日、気持ち悪いってあの手この手で嫌がらせされながら。田舎の馬鹿高校だったからさ」

空を見上げる。もう真っ暗だった。ベンチ横の街灯のまわりで、無数の翅虫が細い光の線を描いていた。「だから、献血してる」と里見がつぶやく。ジ、ジ、と焦げつくような音が落ちてくる。

「病気や事故って平等だろ。いつか、おれのことを罵った奴らが死にかけて、気持ち悪いおれの血で生きながらえればいい」

ふ、と笑う。目の端で私を見る。

「おれ、しつこいから」

まだ辛いから笑うのだと、やっと気づく。つい目をそらしてしまい、慌てて視線を戻す。

「柏木もしつこくがんばればいいよ」

「いや、好きかよくわからないし。だいたい、もう、嫌われちゃったみたいだから。一方的に勘違いして。なんとも思われてなかったのに」

ああ、なにを言っているんだろう。これじゃ菜月と同じだ。励ましてくれる言葉が欲しくて弱った姿を見せているみたいだ。

「好きなんだろ。付き合ってもいないのにそう思うってことは」

　里見は気休めの言葉はくれなかった。ただ、私の気持ちを肯定してくれた。

「気持ち悪くない？」

　里見は口の端にいつもの皮肉っぽい笑みを浮かべた。

「みんな自分の恋愛だけがきれいなんだよ。不倫してようが、歳の差があろうが、略奪しようが、自分たちの恋愛だけが正しくて、あとは汚くて、気持ちが悪い」

　そんなことない、と言いかけて父の引きだしからでてきたオレンジ色の錠剤を思いだした。あの時、私は確かに父の行為を気持ち悪いと感じた。実際に吐いてしまうほどに。

　黙っていると、里見が立ちあがった。

「でも、だからって止められるもんじゃない」

　見上げると、目の前に携帯電話が差しだされた。画面がまぶしい。

「番号。蚊に刺されるのごめんだし、話したいことあったらかけてきて」

　目を細め、数字をひとつずつ打ち込みながら「ありがと」とつぶやいた。聞こえているのか、いないのか、里見は返事をせずに、でも急かすことはなかった。

　駅の駐輪場から自転車をひっぱりだし、夜道を飛ばした。ペダルをぐいぐいと漕ぐたびに太腿が張りつめていく。明日は筋肉痛だろうな、と思いながらもスピードを緩めなかった。

すぐに汗が吹きだす。夏だ。外で寝たって凍死するわけもない。全さんが居留守を使い続けるならば、出てくるまで廣瀬写真館の前で待ってやる。絶対に、捕まえてやる。

意志の火が消えないうちにたどり着きたかった。少しでも足を止めると、里見に大切な秘密を話させてしまった罪悪感が込みあげ、ふり払うように自転車を漕いだ。

ビデオ屋や飲食チェーン店が並ぶ国道を曲がり、シャッターの下りた商店街を走り抜ける。横道から出てきた赤ら顔の中年男がぎょっとしたように飛びのき、豆腐屋の前の巨大なポリバケツにぶつかり罵声をあげた。「すみません！」自分の声ががらんとしたアーケード内に響く。ふり返る余裕もなかった。

近道を探してスピードを落とした時だった。車道の向こう側に目が引き寄せられた。心持ち背を丸め、長い脚をもてあますように歩く、背の高い男。口の辺りに赤い火がぽつりと浮かんでいた。ぬるい夜風に流れる煙まで見える気がした。

「全さん！」

横断歩道へと自転車を発進させながら叫ぶ。声は届いたはずなのに、全さんはこちらを見向きもしない。足が速まったようにすら見える。くるりと、私に背を向け、飲み屋街の方へと戻っていく。色鮮やかな電飾に全さんの黒い影がにじむ。

信号が変わるのを待っていたら、見失う。

ハンドルの向きを変えた。勢いよく縁石を越える。後輪が車道に落ちる鈍い振動を感じた途端、真っ白な光に包まれた。

高い、耳を貫くような、大きな音。光と音に呑み込まれる。それが車のライトとクラクションだと認識するのに数秒かかった。

気がついたらボンネットに転がっていた。フロントガラス越しに見知らぬ男性と目が合う。スーツ姿の男性は車のハンドルを握り締めたまま硬直していた。

私の片手もまだ自転車のハンドルにあった。自転車は車の鼻づらに倒れかかっている。いや、食い込んでる。ぐんにゃりと曲がったフレームが目に入った。

「馬鹿野郎！」

すごい声がした。びくっと体が震え、どっと音が戻ってきた。街路樹のさざめき、対向車線を行く車たち、どこかの家の窓が開く、暗い空から飛行機の唸りが降ってくる。

黒い影が近づいてきて、「おい」と私を見下ろした。

腕を伸ばす。ボンネットの上を体がすべる。自転車を蹴り飛ばし、ずるずると地面に足をつくと、全さんのシャツの裾を摑んだ。立ちあがろうとするが、膝に力が入らない。

「馬鹿！　動くな！　じっとしてろ！」

首をふり、シャツをひっぱる。

「おいこら、そこのガキ、ぼけっとしてないで救急車を呼べ！」

全さんがまた怒鳴った。野次馬がいるようだ。すぐに舌打ちをする。「クソガキが。逃げやがった」

その言葉で頭がはっきりする。

「全さん」と声をだす。すがりついている大きな体が動きを止めたのがわかった。

「全さんも逃げないでください」

「喋れるのか」

顎を摑まれた。

「吐き気はあるか。眩暈は」

太い親指が私の下まぶたを押さえる。眼球を覗き込まれる。

「俺が見えるか」

「逃げないでください」

「わかった、わかったから」

頭を、撫でられる。ごつごつした、全さんの手。そのまま、抱え込まれる。シャツに浸み込んだ煙草の匂いを鼻の奥まで吸い込んだ。ああ、この匂いだ。もう、嗅げないかと思った。目の奥が熱い。泣いてしまいそうだ。

「おまえ、本当に運転しない方がいいわ」

「全さんです」

「はあ?」

「道がなきゃ道を作ってでも進め。そう言ったのは全さんです」

「馬鹿が。もう黙っとけ」

声は怖かったが、背中を撫でる手は優しかった。どこにもいかない、と言ってくれているようで、ため息がもれた。

ようやく車のドアの開く音がして、「あの……」と背後で弱々しい声が聞こえた。

「車、動くよな。あんた、俺たちを病院まで運んでくれないか。救急やってるとこな。大丈夫だ、道は教える。保険会社に連絡? それは後にしてくれ。人命優先だろ、やることやってくれないとあんたの立場がまずくなるだけだぞ」

全さんの体を通して低い声が伝わってくる。気持ちがいい。安心する。病院なんていいから、このままもうしばらくこうしていたい。

「立てるか」

体がひっぱりあげられる。ずるずると引きずられ、車に押し込まれる。ひんやりした合皮のシートに身を投げだすと、知らない芳香剤の匂いがした。全さんがなにか言っている。すっかり怯えきった男性の声が弱々しく返事をする。

すこしだけ眩暈がします。

そう伝えたかったが、それが衝突のせいなのか、繋いだ手のせいなのかわからなかったから、全さんの肩にもたれてずっと目をとじていた。

　なにかあったら連絡する、と病院に着くなり全さんは男を帰してしまった。男の個人携帯の番号と会社の名刺をしっかり握った後に。

「なんか可哀そう」

　病院の待合の長椅子に横たわりながら私が言うと、「どう見てもおまえが悪いもんな」と睨みつけてきた。「災難だよ、まったく」

「あの人、絶対に全さんのことヤクザかなんかだと思ってますよ」

「だろうな」

「今夜寝れないいんじゃないですかね」

「おまえ、誰のせいかわかってるか」

　数人の足音が近づいてきて、「事故ですか?」と女性の声が言った。

「はい、車に自転車でぶつかりまして。意識はしっかりしてますが」

「先にCT撮りますね。はい、お名前、お願いできますか」

　名前と生年月日を言わされると、有無を言わせずストレッチャーにのせられた。全さんの手が離れる。起きあがろうとすると、数人の手に押さえつけられた。

「全さん！」

「お父さまですか」

女性の声にいぶかしげな音が混ざる。

「まあ、そんなようなものです」

違うと言いたかった。「大丈夫だ」と手の甲を撫でられる。「ちゃんと待ってるから」優しい声。

それでも、不安だった。早く全さんのもとに帰りたくて、なにを訊かれても「ぜんぜん平気です」と答える。頭のCTを撮られ、眼だの舌だのあちこちをいじられ、腕の擦り傷を消毒されて、やっと解放される。早足で待合へ戻った。

全さんの姿がない。目を走らせると、自動販売機の前に長い影を見つけた。スラックス姿の四十代くらいのナースと話している。ナースがなにか一生懸命に語りかけ、全さんが頭を下げている。ときどき、さえぎるように軽く手をあげる。力なく笑う横顔に胸がざわめいた。

私が駆け寄ると、ナースはすぐに気づき、会釈をして去っていった。入院病棟へと向かう薄暗い廊下を歩いていく。その後ろ姿を目で追った。

「知り合いですか?」

「いや、ナンパしてた」

そんな雰囲気ではなかった。

「嘘つかないでください」

問いつめようとすると、全さんは「妬《や》かないでくださーい」と生意気な小学生のようなふざけた口調で返してきた。

にやにやとだらしない笑みを浮かべている。腹がたったので、背を向けて、乱暴に長椅子に座る。

「おまえ、もうちょっと安静にしろよ」と、全さんが追いかけてくる。缶コーヒーを開けながら隣に腰を下ろす。

「コーラはCTの結果がでてから買ってやるからな。でも、良かった、大丈夫そうだな」

全さんが息を吐き、脚を投げだす。ワークブーツが前の長椅子に当たり、床が耳障りな音をたてた。

「恭平は」

掠れた声がした。「車の事故だったんだろ」

頷く。でも、車にぶつかった瞬間なにも浮かばなかった。父の姿も、声も。ただ真っ白だった。今になって怖くなる。

「心臓が潰れるかと思ったぞ。勘弁してくれ」

そんなに心配するなら、どうして避けたりするのだ。息が苦しくなり、缶コーヒーを持っていない方の手に触れようとすると、すっとひっこめられた。ジーンズのポケットに突っ込んでしまう。

「逃げないでって言ってるじゃないですか……」

体の中に針がある。全さんに避けられるたびにそれが容赦なく臓器を刺す。

「私は亡くなった娘さんの代わりですか」

痛いところをつくつもりで、言った。傷つけられた分、傷つけようとした自分がいた。

全さんの返事がない。

やがて「三木か」とつぶやいた。泥のように重い気配がたち込める。

「すみません」

「謝るのか」

顔をあげられない。

「どこまで聞いたのか知らないが、いまさら親心だすほど俺は恥知らずじゃない」

「じゃあ……」

「でも、俺は駄目だ。恋愛ごっこならよそでやれ」

遠くからサイレンの音が聞こえてきた。赤い点滅が走りぬけ、にわかに診察室が騒がしくなる。首から聴診器を下げた白衣姿の男性が横を走っていく。

全さんが色の悪い唇を薄くひらいた。煙草、と立ちあがる前に言った。

「恋愛したいなんて言っていません」

拳を握っていた。体が震える。自分が怯えているのか、怒っているのか、興奮しているのか、わからない。震えが止まらない。

「なにも求めていません。なにも欲しくありません。勝手に決めつけないでください。私は、ただ、全さんに触りたいんです。確かめたいんです。それだけなのに、どうしてそれが駄目なんですか」

「みんな最初はそう言うんだよなあ」

「お願いですから」にやにや笑う顔を見たくなかった。「茶化さないでください……」

全さんはしばらく黙っていた。やがて、缶コーヒーを床に置く小さな音がした。頭をわしづかみにされる。そのままぐしゃぐしゃと撫でられる。

「しんどいんだよ、おまえは」

「私が恋愛したことないからですか」

「そういうんじゃない」

「どうしてですか」

「おまえにはわからないよ」

頭をぐいっと押され、「すこし寝ろ」と膝枕をされる。全さんのジーンズはわずかに湿っていて、夜と煙草の匂いが濃くこびりついていた。

「眠れません」

「寝ろ」

「吐き気がします」

「え」と全さんが背もたれから身を起こす。

「お腹がへって」

口にしたら、腹が鳴った。がらんとした待合に間抜けに響く。頭の後ろに触れている全さんの腹が小刻みに痙攣《けいれん》しだす。笑いを我慢しているようだ。やがて耐えられないというように声をだして笑いはじめた。

「もうちょっと我慢しろよ、色気ねえなあ」と私の脇腹を叩く。

耳が熱い。死にたい。けれど、こうしている間は全さんはきっとどこにも行かない。笑ってくれているうちはいなくならない。そう思うと、安心感でますます腹が鳴った。

しばらく私を馬鹿にすると、全さんは上半身をのけぞらせて大きく息を吐いた。

「正直すぎて、まいるわ」

ぼそりとつぶやいたその顔がどんな表情を浮かべていたのか、私は知らない。見ていれば、なにかが違っただろうか。なにも変わらなかっただろうか。二十歳の私は、触れられさえすればすべてがわかると、わかり合えると、無謀にも信じていたのだった。

8

私はあの夜まで、人の体温を知らなかった。

父の手の温もりや背中の匂いは知っていた。あたたかく、安心できるものだった。友人たちのちょっとひやりとした柔らかい腕は、私をこそばゆい気持ちにさせた。どれも優しい風のように私を撫でていった。

同級生の多田との滑稽な初体験未遂は、バタバタした印象しかなく、肌の温度など覚えてはいなかった。

だから、驚いたのだ。

畳にごろりと寝そべっていた全さんが、私の足首を摑んだ時の、その手の熱さに。

けれど、声はあげなかった。触れられる前から、どこかで全さんの温度を感じていたような気がした。

いつからだろう。診察を終え病院から出て、ぬるい夜気に包まれた時か。深夜までやっている中華料理店のカウンターでビールを頼もうとして怒られた時か。それとも、タクシーを降りた全さんがうちの門扉を当たり前のように押しあけ、軋んだ音を耳にした時からか。私が台所へ行っている間に父の仏壇の扉が閉められていたのは気づいた。鶏の唐揚げを頬張り、炒飯をかき込む私を見つめる全さんの目はいつもと同じようで、いつもとは違う温度を宿していたのだろうか。もしそうだとしたら、私の体は無意識にそれを受け取っていたのかもしれない。

中華料理店の白々とした照明の下で全さんと目が合った。口に放り込んだ蒸したての焼売《シューマイ》が熱くて、ごくりと呑み込んだ。熱い挽肉の塊は喉から食道へとゆっくり落ちていった。その感触を思いだす。台風がきているらしいぞ。店の奥のテレビに目をやりながら全さんが言った。醤油差しの口で茶色い液体が結晶化していた。

あの時に呑み込んだ焼売が、胃の底でまだ熱を放っている気がする。腹の下の辺りがやけにもったりして重い。摑まれた足首も熱い。全さんの体の熱を感じて、かくんと腰が落ちた。

ああ、体温って流れ込んでくるものだったんだ。

ぐい、と脚を引き寄せられ、皮を剝ぐようにジーンズを脱がされる。

「やっぱり痣《あざ》できているな」

全さんの手が膝、太腿、腰と移動していく。触れられたところが火を押しつけられたように熱を持つ。

「痛いか？」

首をふりながら、下着、と思った。朝どんなやつを選んだのかまったく覚えていない。きっとダサいやつだ。シャワーも浴びていないし、口もニンニク臭い。中華なんか食べなきゃ良かった。

歯くらい磨こうと思うのに、体に力が入らない。背中に畳のひやりとした感触が伝わる。覆いかぶさった全さんが黒い影になって私を見下ろしていた。

逃げられない、と頭の芯で悟る。自分で望んだ状況なのに。

見つめ返す。視線が妙な絡まり方をして、今度は顔が熱くなる。目をそらすと、ボタンひとつ分はだけたシャツから全さんの胸元がのぞいていた。細かな皺の寄った肌は、さきほどの中華料理店で全さんが食べていた前菜の干し豆腐を彷彿とさせた。掌から伝わってくる、生々しい熱をたたえている体にはとても見えない。触ってみたくなる。

手を伸ばし、首を摑むみたいにして触れた。全さんは逃げなかった。乾燥した皮膚の下で血管がひくっひくっと動いている。背筋がぞくぞくして、奥歯を嚙み締めた。

全さんの目が愉《たの》しそうに細められた。

乱暴に頭が持ちあげられ、唇を塞がれた。一瞬、体がこわばる。私の体温とは違う、生き物めいた舌が入ってきて口内をかきまわす。苦いような酸っぱいような唾液の味がした。

声を奪われた。のしかかってくる体が重い。息苦しい。なのに、頭にもやがかかる。

全さんの体温が流れ込んできてずぶずぶと溶けてしまいそうだ。

血と肉でできた同じ人間のはずなのに、このひとの体はどうしてこんなに熱いのだろう。

気がついたら全さんのシャツを握りしめていた。唇が離れる。口の端から垂れた唾液を拭《ぬぐ》いながら見上げる。自分の荒い呼吸が耳についたが、もう羞恥心はどこかへ飛んでいた。

全さんが顔をゆがめる。

「怖いか」

首をふった。

「でも」

「なんだ」

「あついです」

「冷房、強くするか」

身を起こしかけた全さんにしがみつく。

「そうじゃなくて、体が」

口の端で笑われた。

「そりゃあ、こんなことしてりゃ熱くもなる」

Tシャツをまくりあげられる。

「布団敷きませんか。あと、電気も消しませんか?」

「後でな」

そうつぶやいた直後、乳首を咥えられた。いつの間にかブラジャーは外されていた。反対側の乳首も指で挟まれる。

煙草を咥えて弄ぶ、色の悪い全さんの唇が脳裏に浮かぶ。視界には皺の寄ったTシャツと全さんの頭しかないのに、舌や唇や指先の動きが鮮やかに見える。自分の乳首が尖っていくのがわかった。痛いような、むず痒いような。いままで意識したことのない体の部位に神経が集まって、呼吸が苦しい。

ふいに、歯をたてられた。声がもれる。自分の声ではないみたいな高く鋭い声だった。目が潤んで、天井の木目がぼやける。また、噛まれる。「いたいです」と訴えると、唇で柔らかく挟み、舌先で慰めるように舐めてくる。甘い感触に身をゆだねていると、急に痛みを与えられる。その度に声がもれ、毛穴から汗がにじみでた。

もどかしくなってTシャツとブラジャーを脱ぐ。どうひいき目に見ても女性らしさの欠片もない平べったい胸。その上に手が届くことはないと思っていた男の額が見えた。頭を抱く。かたい髪が腕の内側でごわごわした。もう絶対に逃がさない。そう思った。腕に力を込める。

「意地悪しないでください」

全さんの動きがとまる。

「遊ばないで、傷つけるなら、ちゃんと傷つけてください」

全さんはなにも言わなかった。笑われたような気配がした。笑わないでください、と言うつもりだった。けれど、全さんの手がするりと私の腹の上をすべっていき下着の中に入ってきて、声がでなくなった。

湿った音がした。自分の体の奥から聞こえた。全さんが手を動かすと、ますます響いた。喉から「や」とも「あ」ともつかぬ声がでる。無意識に体がよじれる。腰を摑まれ固定される。背中や尻が畳と擦れる音がする。でも、痛みは感じない。ただ、熱い。火がついてしまったみたいに熱い。

全さんは容赦なかった。長い時間をかけて、私の体のひとつひとつを唇と舌で炙りだし、なにを言おうと叫ぼうと手をゆるめなかった。返事もなかった。まるで熱い泥の中で転げまわっているみたいだった。汗と涙が流れ、私は体のあちこちで泣いた。こんなにも体液をだしているのに、体が消えてしまわないことが不思議だった。怖い、と思った。どうかなってしまいそうで。でも、怖いと言ったら全さんが離れていってしまう気がして、それだけは言わなかった。それくらいの意識は保っていた。

私の内側は全さんの指で溶かされ、こねまわされ、恥ずかしいくらいどろどろになった。そこにひときわ熱いものが押しあてられた時、これが全さんの熱の中心なのだと、朦朧《もうろう》とした頭で思った。熱がゆっくり私の中に入ってくる。ひき裂かれるような痛みに襲われた。けれど、全さんの熱をぜんぶ呑み込んでしまいたいという意志が勝った。唇を嚙み、痛みに耐えて、息を吐く。

目をひらくと、汗ばんだ顔の全さんが見えた。なにかに集中するように目をつぶっている。熱いものが私の体の内膜をこすり、押しあげ、突いてくる。揺さぶられながら、全さんの眉間の皺が愛しいと思った。余裕をなくした表情が嬉しかった。頭を撫でたくなった。

動きはだんだん激しくなり、深く突きあげられたかと思うと、突然、全さんは脱力した。ずっしりと重い体を預けてくる。私の中で全さんのものが痙攣して、徐々に熱がひいていくのがわかった。

全さんは死んだように動かない。腕をまわして、背中が静かに上下しているのを確かめると、目尻からぬるい涙がこぼれた。

もう全さんの体は熱くはなかった。私の体温と混じり合い、同じ温度になっていた。やっと、ひとつになれた気がした。

目を覚ますと暗闇だった。

居間に敷いた布団にだらしなく寝そべり、片腕は畳に落ちていた。闇のあちこちから軋んだ音が聞こえる。激しい風になぶられて家が鳴いていた。

起きあがろうとして裸だと気づく。体中がべとべとしている。下腹に鈍い痛みを感じて、数時間前のことを思いだした。慌てて全さんの姿を探す。

ようやく目が慣れてきた暗がりの中に、猫背の背中が見えた。肩のライン、腰の上でたるんだ肉、くたびれた空気をひきずっているのに、妙に胸をざわつかせ、人を寄せつけない。まぎれもなく全さんの背中だった。深夜の、見慣れた居間に、全さんがいる。

いったい、どこからどこまでが夢なのだろう。

そろそろと手を伸ばし、乾いた肌に触れる。劣化した、弾力のない皮膚。夢ではないのだと安堵の息がもれる。

「全さん」

呼んだ。ふり返らない。風が唸り、雨が窓を叩く。精巧に作られた悪夢のただなかにいる心地になる。

「全さん」

もう一度呼ぶと、「すごい風だな」と全さんは背を向けたままつぶやいた。

「警報とかでてるんじゃないのか」

言いながら、全さんはテレビもラジオもつけようとしない。じっと動かずにいる。

庭でなにかが転がる音がした。庭木の枝も花も風に持っていかれているだろう。そう思っても、奇妙に現実味がなかった。この空間だけが切り取られて、知らない夜に浮かんでいる気がした。嵐だか台風だか知らない。どちらでもいい。このまま全さんと二人、荒れ狂うなにかに流されてしまっても構わないと思った。

こっちにきませんか。

言いたいのに言えなくて布団を撫でた。汗を吸い、なまあたたかく湿っている。影と化した全さんがふり返る。鉛色《なまり》の闇に白眼がくっきりと浮かぶ。人の体の一部とは思えないほど白い。かすかに発光しているようにすら見える。

ぬうっと黒い影が伸び、腕を取られた。抱き寄せられ、布団に倒れ込む。全さんの胸に頬がぶつかる。冷たい汗でびっしょりだった。山道で見た、土気色の顔を思いだす。

「なんでこんなに冷えているんですか！」

腕を突っ張って身をひくと、「寝汗だよ、寝汗。すぐひく」と鼻で笑った。「心配なら温めてくれ」と腕をまわしてくる。

「前とずいぶん態度が違うじゃないですか」

「おまえはずいぶんそっけないね」

見えなかったけれど、にやにやしているのはわかった。人の気も知らないで。背中を向ける。

「もう寝ます」

「へえ」と、全さんの指が私の髪をかき分け、うなじに触れる。肌が粟立つ。指はしばらく私の首をなぞっていたが、すっと肩へと降りて離れていった。簡単に意識してしまった自分の体が恥ずかしく、虚しい。また意地悪されたのだ。

悔しいので、なんでもない風を装って訊いた。

「寝汗って、悪い夢でもみたんですか？」

「まあな」と全さんはぼんやりした声で言った。ふと、今は何時くらいなのだろうと思う。風は静まる気配がない。

「俺はひどいことをしたんだろうな」

全さんがぼそりと言った。

「おまえに」

え、と言いかけて、こめかみからさあっと血の気がひいた。勢いよく起きあがると、見当をつけて全さんの肩を押さえつけた。

「それ以上、馬鹿みたいなことを言わないでください」

口を塞いでしまいたかった。今さらなにを言う。また自分に酔って勝手に消えるのか、このジジイは。その前に呑み込んでやりたい。さっき全さんが私にしたように、正体を失わせてぐちゃぐちゃにしてやれたらいいのに。

「馬鹿か」

「馬鹿ですよ。いい大人が。あの程度でひどいことですか」

喉の奥で全さんが笑う。

「勇ましいもんだ」

笑い声に合わせて震える肩は、もう冷たくはなかった。ほっとすると同時に凶暴な気持ちになった。

「おまえは可愛いな。もっとひどいことしてやりたくなる」

「してくださいよ」

全さんにまたがって見下ろす。体の奥に、またゆっくりと火がつく。息が苦しい。

「そこからどうするんだ？」

嘲笑《あざわら》うような声。泣きそうになる。繋がりたい。深く、濃密に。けれど、どうしたらいいのかわからない。口を塞ぎたくても、自分からキスすることもできない。

「教えてください」

返事がない。闇で光る白眼が私を見ている。風がみしみしと家を軋ませる。

「お願いします」

肩を摑まれ、あっと思う間もなく、ひっくり返された。私を組み敷いた黒い影が耳元でささやいた。

「なんの夢をみていたか教えてやろうか」

頷いた拍子に喉が鳴った。暗い部屋に響く。

「桃の夢だ」

「桃」

「ああ、羽黒山の山頂でおまえが食っていた桃だ。みずみずしい立派な桃だった。おまえ、汗もひかないうちにかぶりついたよな。むしゃむしゃと、脇目もふらず食っていた。俺は情けないことにへばっていて、なにかを食う気になんてなれなかった。でも、おまえは違った。おまえが桃を食っている音は素晴らしかった。ひさびさに撮りたい、と思った」

「撮りたい……」

「ああ。残酷で、美しかった。あの音、息づかい、晴れた空。空の下で仰向けになって願った」

「なにを?」

「俺も食われてしまいたいと」

耳たぶに歯が当たる。舌が濡れた音をたてて耳に入ってきた。

ほら、食ってしまえ。そう言われている気がした。

全さんの左腕を両手で摑む。舌で傷痕を探す。全さんが玄関に立っていた夜、赤い血が流れだしていたあの傷痕。あの時からずっと目をそらせなかった。舌の先端がつるりとした皮膚に触れた。音をたてて吸うと、全さんの喉から小さな声がもれた。しがみつくように抱きしめて、唇に触れた全さんの体をところかまわず口に含んだ。頭の中には、赤く熟れた丸い桃があった。とろけるように甘いにおいの果実。荒々しい嵐の音が理性を吹き飛ばしていく。夢中になって欲を貪った。

疲れ果て、いつ夜が明けたのか知らないままに眠り、まどろみの中でまた抱き合った。

台風は夕方には去った。落ち葉やゴミが散乱する濡れた道を歩いて、近所の蕎麦屋へ行った。私は甘きつねカレーうどんと天丼、全さんは鶏なんばん蕎麦を頼んだ。

「あれだけやったら腹も減るよなあ」と全さんが卑猥な笑みを向けてくるので、恥ずかしかった。どんぶりで顔を隠しながら食べた。

全さんが「小川未明《おがわみめい》って知ってるか」とつぶやいた。私の天丼についてきた漬物でビールを飲んでいる。数回箸をつけただけで放置された蕎麦がのびてしまいそうで気になった。

うどんをすすりながら首をふる。本当は、ひどくお腹が減っていた。飢えというより渇きに近いくらいだった。

「童話作家だ。『牛女《うしおんな》』っていう話があってな」

「もう、それ、いいですから」

またからかっているのだと思って、うんざりした声をあげると「まあ、聞けよ」と低い声が返ってきた。

「背の高い、大きな女の話なんだ。自分の子をなにより可愛がる、優しい、情の深い女なんだ」

「それで？」

「続きは自分で読め」

「私に似ているとかそういう話ですか？」

全さんは箸を空《くう》に向けたまま動きを止めた。

「おまえを見て、忘れていたその話を思いだした。似ているかというと、どうだろうな。ただ、思いだしたんだ」

なにが言いたいのかわからない。そう言うと、「俺もだ」と困ったように笑った。

「若い頃に読んで妙に印象に残ったんだよな。哀しい魂だと思った。反面、妙に安心した。こんな女がいるのだと。俺自身が情に薄いからかな。牛女はいて欲しいような、いないとほっとするような、そんな女なんだ」

思いだしたように蕎麦に七味をふり、「もう内容は覚えてないけどな」と矛盾するようなことを言い、白っぽい鶏肉を口に入れた。黙ったまま咀嚼する。考えているような表情に見え、もう去ったはずの雨雲を吸い込んだみたいに胸が曇る。

出汁のきいたうどんの汁を飲み干して、天丼の残りをかき込んだ。甘い揚げとカレーと天麩羅の油が口の中でごっちゃになっている。「ごちそうさまでした！」とわざと大きな声で言う。全さんは灰色のゴムを食べるような顔で蕎麦をすっている。

「全さん、スーパー寄って帰りませんか」

「おお」という声を聞いて、早く家に帰りたくなった。

店を出ると、一面の夕焼けに包まれた。まだ風は強く、ごうごうと流れる雲の向こうで、空がオレンジ色に輝いている。巨大ななにかが爆発してしまったかのような眩さだった。全さんが目を細める。

ほとんど言葉を交わさずに歩き、家に戻るとまた抱き合った。

肌が触れている間、全さんは不安になるようなことを口にしなかった。こうしていれば大丈夫だと思った。ずっと、こうしていればいいのだと。

けれど、それはいままで全さんと抱き合った女性たち全員が思ったであろうことに、若い頃の私は気がつかなかった。


カーテンを引きっぱなしの昼も夜もない部屋で、まず夏が消えた。

それから、私のまわりのものがどんどん消えていった。テレビを見なくなり、欲しいものがなくなった。メールの返信も忘れがちになり、遊びの誘いがきても断った。「フジ、どうしてるのー」という菜月の留守番電話を聞いてからは電話にもでなくなった。

彼女の声は曇りがなく太陽のようにまぶしかった。図書館に通うこともなくなり、里見の姿を見ることもなかった。

活字を読んでも頭に入らない。大学や友人たちの顔がだんだんぼやけ、思いだせなくなっていく。父の仏壇に手を合わせることすら減っていった。

うちに居続ける全さんと目覚め、シャワーをあびて冷房で体を冷やし、睦み合い、その合間に食べたり飲んだりした。食欲が満たされるとうとうとと浅い眠りをたゆたい、体力が回復するとまた互いの体を貪った。いつも汗だくのまま引きずり込まれるように眠った。

出かけるのは夜ばかりで、蒸れた暗闇の中をアルコールの匂いをさせながら歩いた。肌の触れる範囲だけに世界があった。獣の充足の中で満たされていた。

一日に数回、全さんは呻いた。土気色の肌に冷たい汗をにじませ、腰が痛いといっては薬を飲み、しばらくすると嘘のように平気な顔をしていた。

そして、飽きることなく私を求めた。求められれば応じた。体はこなれ、快感はどんどん深くなった。自分の体に潜《もぐ》っていけることが面白くてたまらなかった。私は初めて知った感覚にすっかり溺《おぼ》れていた。

けれど、全さんはそれ以上にしつこかった。長い時間をかけて抱き合い、繋がれなくなっても、私の体をいじり続けた。行為の途中で私が眠ってしまうこともあった。私の方が若く、体力もあるはずなのに、腰骨の浮いた痩せ乾いた体のどこにそんなエネルギーがあったのか。ときどき、そら恐ろしくなった。愛情というより執念を感じたからだ。でも、その時はなにへの執念なのかはわからなかった。

「おまえは神様なんだよ」

昼だったのか夜だったのか覚えていない。くり返される濃密な時間の中で全さんが言った。私はタオルケットにくるまり、ぐったりと横たわっていた。酸欠気味で頭がくらくらした。腰にまだ熱が残っていて、ときどき痙攣する。

「いきなり宗教の話ですか」

自分の声はやけに舌足らずに響いた。

「いや、そんな人の形をとったまがいもんのことじゃない」

全さんの体に身を寄せた。首の下に全さんの腕が入ってくる。

「俺が思う神様っていうのは、かたちはなんでもいいんだよ。そもそも人が認識できるもんじゃないんだからな。水槽の中で飼われている亀が外の世界を認識できないのと同じだ」

「じゃあ、全さんにもわからないじゃないですか」

笑うときつく抱きしめられた。苦しむふりをして脚をばたばたさせる。

「いいや、わかることもある。こうして俺の腕の中におまえが存在している不思議を感じるから。おまえにはわかんないだろうな。でもな、神様はいるんだよ。いや、いたんだろうな、どこにでも」

不可解な熱っぽさで語る全さんを見つめた。わかっていないのにわかったふりをすることを嫌う人だった。だから、なにも言わなかった。

あの頃、私にとっては全さんが神様だった。世界のすべてだった。でも、それを言う勇気はなかった。女になれても、どれだけ親密になっても、自信の無さは頭にも体にも浸みついて取れない。普通の女の子のように甘えて、疎ましがられることを私は恐れていた。

例えば、週に一、二回、三木さんが迎えにきて全さんは半日ほど帰ってこなくなる。仕事だとわかっていても不安だった。三木さんは変わらず接してくれたが、私は顔もうまく見れなかった。全さんとのことが人に知られ、否定的なことを言われるのが怖い。全さんがそばにいなくなると体を引き裂かれたように辛くなり、時間が経つのが遅くなった。けれど、そういう苦しさを伝えることができない。

全さんの胸に頬をあて、腋下に鼻をうずめた。腋毛が顔をくすぐり、全さんの煮詰めたような匂いが強くした。

全さんが私の頭を撫でた。おでこを指でなぞり、何度も髪を撫でつける。

「はじめてですね」

目のまわりの皺が深くなる。優しい顔だと思った。

「ん?」

「頭、撫でてくれるの」

「なんだ、いつも撫でてるだろ」

こういう時にですよ。言わずに目をとじた。手の動きが心地好かった。見つめれば、見つめ返される。手を伸ばせば、触れられる。触れてもらえる。体温が混じり合う。それだけでこんなにも深く息をつけるようになるのか。

浮かれていた。けれど、浮かれられるほど幸せだったのも確かだ。

たとえ騙《だま》されていたのだとしても。

私たちの間に黒い金属の塊が入ってきたのはいつだっただろう。夏の盛りだっただろうか。

私を見つめる透明なレンズを冷たく感じたことしか覚えていない。その向こうの全さんの表情は見えなかった。

撮っていいか、と訊かれた覚えはない。気がついたら、全さんがカメラを構えていた。

抱き合ったあとの、まっさかさまに落ちていくような眠りから目を覚ますと、埃っぽいような匂いがした。レンズには私の輪郭が映っていた。

おもった以上にゆっくりとシャッターが切られた。

歯切れの良い機械音は、鉄格子が閉まっていくような音に聞こえた。私と全さんの間にガシャリ、ガシャリと降りていく。

何枚か撮ると、全さんは両手でカメラを持ったまま顔を横にずらした。ほっとしたのも束の間、目の険しさに身がすくむ。目が合っても、全さんの目は私を透かしているようだった。レンズと変わらない。手応えが、ない。温度を感じなかった。じり、と裸のまま後ずさると、また全さんがカメラを向けてきた。

今度は虫が威嚇《いかく》するような音に聞こえた。体を丸めて顔を隠す。手を伸ばしても、カメラが邪魔で全さんに思うように触れられない。逃げれば、追われる。

写真は苦手だった。なにより、今まで触れ合っていた全さんが遠くに行ってしまったようで悲しかった。

「どうしてですか」

なんでもない声をだそうとしても緊張で裏返る。

「私みたいなブスを撮っても仕方ないですよ」

冗談めかして笑ったが、全さんは笑わなかった。

「ブス」と平坦な声でくり返す。

「そんなこと、俺が一度でも言ったか」

かたい声に身がすくむ。全さんは私を見ずにカメラの調節をして、また何回かシャッターを切った。無機質な音にむきだしの肌を切りつけられたような気がして、布団の隅に押しやられたタオルケットをひっぱり寄せる。

ぎこちなく笑う。「違う」と声が断じた。鼻に皺を寄せ、顔をひしゃげさせてみせる。「普通に」と言われ、普通の表情がわからなくなる。

「駄目だな」と全さんが低い声でつぶやく。ぎくりとした。「違う、俺がだ」とつけ足すが、声に冷徹な響きがあった。粘つく嫌な汗が吹きだし、指先から冷たくなっていく。「待って」と叫ぶように言った。「全さん、なにが撮りたいんですか」

色の悪い口の端がゆがんだ。

「それを言って、どうする。意味がない」

全さんはカメラをちゃぶ台の上にのせると、畳に腰を下ろし煙草の紙を巻いた。苦い煙がゆらりと流れてくる。指一本すら動かせない。冷水を浴びせられたように硬直していた。

二本目の煙草に火を点けたところで、全さんが私に気づいた。

半びらきの口でこちらを見て、「おい」と頭を抱き寄せる。

「悪い、焦った」

髪をかきまわして、犬を撫でるように激しく撫でる。「悪い、悪い、びっくりさせたな」ごまかそうとするみたいに奇妙に陽気な声をあげる。顎を摑まれる。ごつ、と額から頭に鈍い振動が伝わった。

全さんの顔が目の前にある。額と額を合わせて「本当に悪かった」と絞りだすように言った。

鼻の奥がつんとして、必死に堪えていた熱い涙があふれた。全さんにしがみつくと、背中を穏やかに叩いてくれた。ますます涙が止まらなくなった。

「馬鹿って言っていいぞ」

「馬鹿」

「すまない」

「馬鹿」

「悪かった、好きなだけ言え」

何度も馬鹿と言った。カメラのレンズ越しに流れ込んできた冷たい感触が払拭されるまで言った。連呼すると、全さんはいつものように豪快に笑った。

でも、わかっていた。こんなことくらいで全さんが諦めるはずがないことを。

あの黒い金属の塊は、舌や指や目と同じ、全さんの体の一部だった。全さんの最も冷酷で、攻撃的な、一切の妥協を許さない一部分だった。

本能的に、怖い、と思ってしまった。思ったことで、私とは違う人間なのだと気づいてしまった。ひとつにはなれないことを知ってしまった。

　私だけが知らなかった。抱き合っていたはずの全さんは、とっくに違うところを見ていた。

　桃の話をした時、全さんは「撮りたい」と言った。私を「抱きたい」ではなく「撮りたい」と。彼の中でそれが同じ意味だったとしても、私が全さんのそばにいるには両方を呑み込まなくてはいけなかったのだ。

　体に温度があるのと同様、きっと心にも温度はある。心の温度は体温とは違う。この世には想像もつかない温度の人がいる。相手を焼きつくすほど高温のこともあれば、誰にも触れられないほど凍《い》てついていることもある。そして、それは関わってみないとわからない。

　あのひとに悪意はなかった。いつだって、誰に対してだって、なかっただろう。無慈悲な神様そのもののように彼はただ欲求に従って行動し、後に遺された結果がどうなろうと構わなかった。それが無残なものであれ、美しいものであれ、心惹かれる瞬間だけに執着した。

　私たちの時間はあのひとの作品になった。

9

夕立とは違う長雨は降るごとに秋を連れてくる。雨があがるたび、空気が澄んで、冷たくなっていき、肌にまとわりつくような熱と湿りけが徐々に失われていくのを感じた。そんな夏の終わりの食卓をなぜかよく覚えている。

ゆうに昼を過ぎた時間に目を覚ますと、隣に全さんの姿はなかった。カメラもない。また廣瀬写真館に行っているのか、と身を起こし、下着とTシャツを身につける。昨夜から降り続いている雨は、目を凝らさねば見えないほどの細い線になっていた。雲間からときどき太陽がのぞいたが、もう真夏ほどの烈しさは宿してはいなかった。ほっとするような、拍子抜けのような、気分になる。

裸足で台所に立つ。蛇口からのぬるい水で口をゆすぎつつ飲む。写真館に行ってしまうと、呼び戻すことは難しい。作業を中断させると、全さんはあからさまに機嫌が悪くなる。

手持ち無沙汰に冷蔵庫に目をやると、カレンダーが先月のままだった。山形から戻り、全さんに避けられた頃から、私の時間は止まっていた。いや、違う。全さんに触れられた時から、過去も未来もない底知れぬ穴に落ちてしまった。

　音をたてて先月のカレンダーを破り取る。規則正しく並んだ数字を目で追って、ようやく今日の日付を見つける。もう今月も残り少ない。

　カレンダーに印刷された「盆入り」「盆明け」の文字がいやおうなく目に入る。父の新盆だというのに、墓参りすらしていなかった。全さんも、私も、どちらも口にださなかった。父の霊が帰ってきていたとしても、仏壇の前では報告できないことが私の生活を占めていた。

　ただ、汗みどろで睦み合うさなかに花火の音を聞いた。毎年、お盆の時期に開催される花火大会は、幼い頃に父と母と行った記憶があった。幻聴だったかもしれない。けれど、暗闇に散る色鮮やかな光が目の裏でよみがえり、父を思いだした。その次の瞬間、記憶の中で弾ける火花は、体の奥の快感に呑まれて消えた。

　薄情な娘だ。きっと父も呆れていることだろう。

　墓参りをしていないことがわかるのか、おばさんからは何度か心配そうな声で電話があった。私は「大丈夫です」をくり返した。なにを言われても、困っていることはないかと訊かれても、頑なに「大丈夫です」としか言わなかった。全さんとの生活や関係をひとつでも洩《も》らしてしまえば、離れ離れになってしまう予感がした。

　喉につかえたままの不安はどうやっても呑み込めず、触れて、触れられ、抱き合って、感覚に溺れ、我を忘れることしかできなかった。

破り取ったカレンダーを丸めて、冷蔵庫を開けた。たまに三木さんが差し入れをしてくれるので、庫内のあちこちにしおれかけた緑があった。食材を見まわし、まずは米をといだ。鍋に湯をはり、いくつか野菜を茹でて、ざくざくと切る。大根をおろし、出汁をとり、味噌汁を作って、野菜を和《あ》えた。皿に盛り、居間のちゃぶ台に運ぶ。最初に考えた段取り通りに無心で手を動かしていると、どんどん体も頭もすっきりしていった。

玄関の引き戸が閉まる音がした。同時に炊飯器から炊きあがりを告げる電子音が鳴り響く。廊下から全さんが台所を覗いて、「なんだ」と鼻をひくつかせた。肩も髪も濡れていない。雨は止んだようだ。

「朝ごはん、作ったので食べませんか?」

「もう昼過ぎもいいとこだぞ」

「じゃあ、いいです。私ひとりで食べますから」

じゃらり、と廊下と台所の間の玉のれんが音をたてた。「食う、食う」と笑いながら手を伸ばしてくる。その手に、巻いたばかりの卵焼きの皿を押しつける。

「運んでください」

全さんはしまりのない顔で「はいはい」と言うと、背中を丸めて台所を出ていった。味噌汁とご飯をよそって私も居間へ向かう。

ちゃぶ台に並ぶ皿を上から眺めた。全さんが撮影の帰りに買ってきた白菜キムチと韓国海苔、納豆、人参のきんぴら、小松菜とエリンギの辛子和え、削り節をかけたゴーヤのお浸し、胡瓜とワカメの酢の物、卵焼きにはたっぷり大根おろしも添えた。取り皿と味噌汁とご飯を置いたら、小さなちゃぶ台はいっぱいになった。満足して腰を下ろす。

「野菜ばっかだな」

「卵焼きもありますよ」

全さんの箸が伸びる。淡い黄色の断面で細い湯気がゆらめいた。

「関西風の出汁巻きか。うまいもんだ」

うめくように言われて、嬉しくなった。

「おまえ、ちゃんと料理できるんじゃねえか」

「父と二人でしたから」

私も卵焼きを取った。卵焼きは包丁で切らずに箸で食べたい分だけちぎり取るのが好きだ。ご飯の上にのせ、マヨネーズを絞って熱々をかき込む。

「台無しだな」と全さんが顔をしかめる。

「ご高齢の方は大根おろしとお醤油でどうぞ」

ちゃぶ台の下で脚を蹴られた。もう、と蹴り返す。行儀の悪い子供のようなことをして、どちらからともなく食べることに専念した。野菜の繊維を嚙み砕く音がひとしきり響いた。

「父はこういう皿数が多い食卓が好きで」

咀嚼の合間にぼそぼそと話した。

「野菜ばかりでも『ご馳走だな！』と喜んだんです。旅館のごはんみたいだって。私にしてみれば、ハンバーグとか焼肉の方がご馳走だったんですが」

「そうか」とだけ全さんは言った。韓国海苔は胡麻油の香りがした。ご飯が進む。私は立ちあがり、台所から炊飯器を持ってきた。「どんだけ食うんだよ」と笑われる。

全さんが味噌汁をすすり「甘いな」とつぶやいた。

「玉ねぎが入っていますから。父が好きだったんです」

「そうか」

湯気のたつ熱い汁を飲んでも、全さんの唇の色は悪いままだった。汗もかかない。土気色の顔でゆっくりと顎を動かしている。目をそらし、食卓を見つめながら食べることに集中した。

父の弔《とむら》いをするかのように私たちは黙々と食べた。ご飯を三膳たいらげ、ちゃぶ台の皿を空にすると、けだるい眠気が込みあげてきた。

「散歩でもいくか」

ふいに全さんが立ちあがった。せめて片付けましょうよ、と言っても返事もせずに玄関へ向かう。いつも思いつきで動く。仕方がないので、そこらへんに散らばっていた服を着て追いかけた。

全さんは片手にビニール傘をぶら下げて住宅街を抜けていく。最近にしてはめずらしくカメラを持っていない。よく見ると、ビニール傘はいびつに膨《ふく》らんでいた。前回の台風のときに骨が折れた傘だと気づく。全さんが外で写真を撮りたがったのだ。やわなビニール傘は暴風になぶられて一瞬でひっくり返った。あっと言う間にずぶ濡れになって、やけになって笑う私を全さんは撮り続けた。

真夜中の台風だった。闇と雨と風の中でなにが撮れるのだと挑むような気分になって、黒々とした鈍い光を放つカメラを睨みつけた。

「その傘、折れていますよ」

追いついて言うと、「知ってる」と返ってきた。「コンビニに置いてくる」濡れたアスファルトをこつんこつんと突いている。

「ちゃんと不燃ごみにだしましょうよ」

「この間、盗まれたからな。今度は折れた傘でがっかりさせてやる」

「執念深いなあ」

呆れたふりをしながら、里見を思いだした。自分を否定した人たちに復讐するために献血を続ける里見。その整った横顔を思いだし、復讐という言葉は相応しくないように思えた。彼はきっと自分の誇りのためにやっている。悔しさや痛みを忘れないために。

「どうした」

歩みが遅くなった私を全さんがふり返る。気にかけてもらえてほっとする。

「ほかの男のことを考えていたんです」と意地悪を言って追い越す。「そうか、そうか」と笑うのが憎たらしい。

コンビニが見えてくると、全さんは中へ入っていき、数分後、ビニール傘の代わりにふくらんだビニール袋を片手に提《さ》げて出てきた。家と反対の、川の方へと歩いていく。

背中を眺めながら歩いた。空を見上げると、泡を流したように、うろこ雲が広がっていた。いつの間にか、蟬の声も変わっている。辺りには、夕方の気配がただよっていた。

このまま夜になったら、またいちにち夏が終わっていく。道の脇の草原に、まだ青いねこじゃらしを見つけてひっぱると、たやすく抜けた。くるくるとまわしながら、目の前の背中に声をかける。

「ビール、飲みたいです」

「買ってきた」と全さんが片手でビニール袋を揺らす。「さっき飲まなかったからな」

「全さん、私」

横に並ぶ。

「なんだ」

「こんなにたくさんビールを飲んだ夏ははじめてです」

「ガキが」と、全さんが口の端をゆがめた。「来年もそう言うんだろうさ」

来年も一緒に飲もうとは言ってくれない。そして、また先を行く。手を伸ばせば届くのに、すごく遠くに思えた。まるで触れ合う前に戻ってしまったようで、腹の底がひやりとした。

ねこじゃらしに飽きてきたが、戯《たわむ》れに摘んで捨てる行為がはばかられた。まるで、青いねこじゃらしが全さんの手の中にある自分の姿のようで。

「これからはもうちょっとごはん作りますから」

「無理するな」と鼻で笑われる。

「別に全さんのためじゃないですよ」

「わかってる、わかってる」

全さんはガードレールをまたぎ、川を見下ろす堤防を数歩だけ下りた。濡れた芝生に腰を落とす。私も横に座った。

ビニール袋にはポテトチップスやポッキー、煎餅《せんべい》なんかが入っていた。その間にビールの缶が突きでている。プルタブをひくと泡があふれた。「うわー！」と飛びのくと全さんが声をだして笑った。立ったまま汚らしい音をたてて飲む。袋の中にアイスキャンディーを見つけて包装を破く。もうなかば溶けかけていて、クリーム色の液体が草にぼたぼたと垂れた。

「アイスとビールは合わないだろ」

「全さんが買ったんでしょ」

「おまえはなんでも旨そうに食うな」

そうつぶやいて、雨で濁った水の流れを見下ろす。ねこじゃらしを放ると、音もなく水に呑まれた。私たちの後ろを小学生たちがわめきながら走っていく。遠くで空が唸るように鳴った。

「死期が近づいたら味覚が変わるとか、世界が違って見えるとか、言うけどさ、それって死にたくないくらい大切なものがある奴だけなんだろうな」

全さんがよくわからないことを言った。堤防から見る空は大きく、覆いかぶさってくるようだった。

「なんか、わかったわ」

カチッとライターが鳴り、煙草の匂いが流れてきた。ゆっくりと息を吐く音も聞こえた。走って家に戻ってカメラを取ってきてあげたくなった。

「全さ……」

声をかけようとすると、「夏が終わるな」とさえぎられた。太陽が沈みはじめている。

「俺、寒いの苦手なんだ」

甘えるような口調だった。「古傷が痛むからさあ」と冗談にならないことを言う。あの晩、血を流しながら玄関先に立っていた男が私の横でくつろいでいる。突然、泣きそうになった。ビールがうまく飲めない。炭酸と苦味が喉につかえる。

「寒くなったら鍋しましょうよ」

「おお、いいな」

「すき焼き、したいです」

「いい肉、買ってこいってか」

全さんが私の頭を乱暴に撫でる。ずっしり重い焼豆腐、ぱりっとした白葱、芳ばしい麩、シナモンチョコのような香りの椎茸、まるまると肥えた白菜……鍋の材料をひとつひとつ思い浮かべて涙をこらえた。赤く染まっていく空を眺めながら、これからやってくる幸福な季節を想像しようとした。

けれど、その想像が現実になることはなかった。

置手紙も、別れの言葉も、なにもなかった。

大学の後期授業がはじまり、いつものように家を出て、スーパーに寄って帰ったら、もう全さんはいなかった。

もともと私の家には数組の着替えしか持ち込んでいなかった。それはそのままだった。

まるで煙草でも買いに行くみたいに姿を消した。布団も敷きっぱなしのままだった。ただ、居間にいつも置いてあったカメラや撮影機材はきれいになくなっていた。

スーパーの袋を放りだして廣瀬写真館へ走った。急に三木さんと撮影旅行にでることになったのかもしれない。そんな期待を抱きながら写真館のガラス戸に手をかける。開かない。鍵がかかっている。色褪せたポスターの隙間から中を覗くが、薄暗く、がらんとしていた。中に目を凝らす。あちこちに置かれていた段ボールや紙の束がない。

ばん、とガラス戸を叩く。びりびりとショーウィンドウが揺れて、茂りすぎた庭木から小鳥が飛びたっていった。ばん、ばん、ばん、と叩き続ける。両手が熱を持ち、どこかの家の窓が開く音がした。地面に座り込む。手が小刻みに震えていて、拳を握ってガラス戸を殴った。今度はかなり痛くて、「う」と声がもれた。そのまま、泣いた。

なに泣いてんだ、とにやにやした全さんが後ろからあらわれて、頭を撫でてくれる。それでいい。それだけでいい。早く、ねえ、全さん、早く。

そう願いながらも、頭の片隅ではもう絶望していた。

――関係を切ることとすらしません。

――興味を失ったら終わり。そういう、人です。

三木さんが言っていたことがよみがえる。いつか見た女の人のように、自分だけは特別だと信じる馬鹿な女にいつしか私はなっていた。

袖で顔を拭きながら身を起こす。ガラス戸は私の涙とよだれと鼻水でべとべとに曇っていた。そのままにして、ふらふらと家に戻った。

全さんの匂いの残る布団に転がる気にもなれなくて、二階に上がると、父の部屋の襖が細く開いていた。そっと入る。

机の上に見慣れぬものがあった。全さんの掌ほどのカメラ。黒と銀で、銀の部分は傷だらけで鉛色になっている。レンズも少し歪んでいる気がした。掠れかかった英文字はＬＥＩＣＡと読めた。

古いものだった。どういう意図で父の机に置いていったのかはわからなかった。でも、全さんがこの家に戻ってくることはないのだと、そのカメラを目にした瞬間にわかった。

もう涙はでなかった。あの暗い影のような男に私は近づけてなどいなかったのだ。

それから、毎日をどう過ごしたのか、あまりよく覚えていない。前期で落としてしまった単位を取り戻すために、朝から夕方遅くまで授業を入れた。夜は学校の近くのコンビニでバイトをした。接客して、商品を棚だしして、バーコードを読み取って、教えられた通りに働き、先輩が客にかける言葉をそのまままくり返した。「力持ちだね」と店長に気に入られ、たくさんシフトを入れてもらえた。

夜が更けるまでは自分の住む町に近づきたくなかった。病院帰りに全さんと行った中華料理店や駅前の回転寿司、嵐のあとの蕎麦屋、一緒に入った店の灯りを見かけるたびに全さんの姿を探してしまう。そうして、なぜ自分はひとりでごはんを食べ続けなくてはいけないのか、私はなにか間違いを犯してしまったのではないか、とぐるぐると暗い思考に捉われ、底無しの後悔に呑み込まれる。

だから、私はタイムカードを押したあとにバックヤードで弁当を食べ、自転車を飛ばして家に帰ると、シャワーを浴び、テレビを点けっぱなしにして眠った。また同じ明日がやってくるということすら考えたくなかった。

そんな日々に小石が投げ込まれたのは、ある噂を耳にしたときだった。

「え」と私は訊き返した。英文の品詞分解をやめ、ペンをノートに置いた。

「だからね、ゲイなんだって、里見くん。彼女いないはずだよねー」

ベレー帽を斜めにかぶった女の子は残念そうに言った。夏休み以降、私は女の子たちに積極的には関わらないようにしていたが、何人かの女の子たちはひとりでいる私によく話しかけてきた。たいがいは自分の話を聞いてもらいたい子だった。

「それも、おっさんが好きみたい。なんか腹でた中年とホテルから出てきたとこを見た子がいるって。ほんとショック。相手もイケメンだったらまだ良かったのに」

女の子はリボンタイを指でいじりながら大げさなため息をついた。胸にゆっくりとさざ波がたっていく。

「誰から聞いたの、それ」

「ゲイっていうのは菜月かなー。里見くんのことちょっといいなって思ってて、そしたらゲイだからやめた方がいいよって言われた」

「えーリカも里見狙いだったのかー」

後ろから声がした。基礎クラスで顔を見たことがある男子が三人、机にもたれたり座ったりしていた。「違うよ、ちょっとかっこいいなって思っただけ」と女の子が頰をふくらませる。彼女がリカという名だとやっと思いだした。

「里見なんて変態だろ」と、背の高いニキビ面が吐き捨てるように言った。

「あいつ、金もらって寝てるらしいぞ。小汚いおやじと」

髪を馬鹿みたいに赤く染めた男子が得意げに言った。「きっしょー!」と三人目が大声で言って、みんなでどっと笑う。

体が熱くなり、視界が狭くなった気がした。

――みんな自分の恋愛だけがきれいなんだよ。

皮肉っぽく笑った里見の顔が浮かぶ。

英和辞典を閉じた。そのまま摑むと、男子たちの机に思い切り叩きつけた。

机は床に固定されたものだったので動かなかったが、音と振動で座っていたニキビ面がずり落ちた。

「いいかげんなこと言うな」

しんと静まった講義室に私の声が響いた。赤髪がへらっと笑って「正義のみっかたー」と唇を尖らせた。ぴゅう、と耳障りな音が鳴る。頰が熱くなったが、怒りが勝った。目をそらさずにいると、赤髪の顔に徐々に怯えがひろがっていった。

「え……ちょっと」とリカが薄笑いを浮かべて立ちあがった。「フジ、どうしたのー」軽い口調とはうらはらに体は逃げようとしている。

返事はしなかった。どう思われたっていい。里見のことをなにも知らないのに、侮辱して笑いものにしようとしている人間と同じにはなりたくなかった。睨みつけて、ノートと文房具をまとめた。目を見ひらいたまま固まっているリカに「菜月どこ？」と訊くと、黙ったまま首を横にふった。

リュックを片方の肩にひっかけ、手に辞書とノートを持ったままドアへと向かう。通路にいた子たちが無言で避ける。今まで目をそらすのは私の方だったのにな、と他人事のように思った。講義室を出た途端、背後で息を吹き返したようなざわめきが聞こえたがふり返らなかった。

菜月は地下の学生食堂にいた。テーブルをひとつ占拠して、他の女の子たちと菓子をひろげている。近づくと、バニラと苺香料の甘い匂いがした。

「菜月、ちょっといい？」

声をかける。菜月は私を見上げると、「あ、フジ」と満面の笑みを浮かべた。前によく昼ごはんを一緒に食べていたゆきちゃんが「ここ座りなよ」と空いていたパイプ椅子を指す。

「ごめん。ありがとう。でも、ちょっと菜月に話したいことがあって」

そう断っている間、菜月は携帯電話を見ていた。「あ！」と小さな声をだす。

「サークルの用事あったの忘れてた。行かなきゃ」

椅子をひいて立ちあがる。立っても私を見上げる目線は変わらない。この角度から見る菜月は目がいっそう大きく見えて可愛い。

「途中まで一緒にいこ」とするりと腕を絡ませてくる。反射的にほどきそうになるのを抑える。

菜月は食堂を出ると、階段を上り、隣の校舎へ入った。私たちの学部があまり使わない校舎だった。階段の下の長椅子に座る。

「あんな怖い顔して話があるとか言ったらみんな気にするよ」と、困った顔で笑う。

「なに、里見くんのこと？」と足をぶらぶらさせる。リカからメールがきたのだろう。さっきのサークルの用事があるという話は嘘だったようだ。立ったまま頷く。

「菜月と里見の関係は知らないけど……」

「けど、なに？」

笑顔のまま、妙に堂々としている。

「里見のプライベートなことを人に話したって聞いた」

「だって、口止めされなかったから」

菜月はたんたんとした口調で言った。思わず「は？」と声がでる。

「口止めされなかったからって。そんな、誰にでも話していいようなことじゃないってわかるよね。里見は確かに飄々《ひょうひょう》としているけど、そんなに簡単に人に心を許すやつじゃない。菜月のことを信用してるから話したんだよ。それを知らない人にまで言いふらして。変な噂になってんだよ！」

目が合った。菜月は無表情な顔で私を見つめた。知っているんだ、と気づく。いつも人の中心にいる菜月が噂を知らないはずがない。

「なんでフジが怒るの？」

かたい声だった。一瞬、ひるんだが言った。

「友達だから」

「友達ね……」と菜月が小馬鹿にしたようにつぶやく。

「フジは里見くんとずいぶん仲がいいんだね。正しいこと言って気持ちがいい？」

「え」

「わたしは信用なんかされてないよ」

ふっと笑う。自分を憐れむような、どこか投げやりな笑いだった。そんな表情の菜月をはじめて見た。

「わたし、告白したんだよね、里見くんに。でも、ごめんって言われて。それでも諦められなくて何度も何度も頼んだの。試しでいいから付き合ってって。だって、里見くん、優しいんだよ。相談だって乗ってくれるし、一緒に出かけてくれるし。どうしても納得できなくて、抱きついたの。そしたら……無理って。自分はゲイだから、そういうのは無理だからって、すごく嫌そうな顔で言われたの」

秋らしいチェックのネイルをいじる。髪も夏より落ち着いた色になっていた。肩の上のゆるいウェーブが震える。

「……そんな嘘ついてまで拒絶するんだって思った」

「それは違うよ」

「でも、わかんないじゃない！」

菜月の高い声が抜けていく。階段の上は静かなままだ。

「嫌だったんだもん、他の子が里見くんに近づくのが！　もしゲイっていうのが嘘だったら、誰かに取られちゃうじゃない。そんなのは耐えられない」

それに、と顔をそむける。

「もし本当にゲイなら、これから先もそうやって女の子を断っていくんだし先に言ってもいいでしょ」

「菜月」と、私は彼女の前にしゃがみ込んだ。菜月は口を結んで横を向いたままだ。

「それは里見が自分の口で伝えるべきことだよ。菜月が勝手に言っていいことじゃない。たとえ、友達でも、恋人でも、家族でも」

咎《とが》めるような声音にならないように慎重に言った。自棄《やけ》になってもっと取り返しのつかないことをしないようにという危惧もあったが、菜月に対する怒りがしぼんでいた。気持ちがわかったから。私だって同じだ。逃げられても、避けられても、どうしても全さんを諦められなかった。

そばに居ても不安だった。誰かに奪われやしまいか、捨てられやしまいかと。今、この瞬間、誰かが全さんのそばにいるかもしれないと思ったら、息ができなくなる。私以外の女が全さんに触れることを考えると気がおかしくなりそうだ。嘘をつくことでそれが防げるなら、もし全さんに恋い焦がれている女が目の前にいたら、私だってなにをするかわからない。

身を痺れさせるような嫉妬に呑み込まれないようにするのがやっとだ。どんなに見ないふりをしても、もう私はどうしようもなく女だった。

黙っていた菜月がはっと顔をあげた。

「もしかして、フジはずっと前から知っていたの？」

菜月の目がようやく私を見た気がした。私の沈黙を肯定と捉えた菜月が叫ぶように言った。

「わたしの気持ちを知っていて、なんで教えてくれなかったの？　無駄な時間、使わせないでよ！」

「それは……」とさっきと同じことをくり返そうとして、声が詰まった。

「……無駄なの？」

菜月の顔が遠ざかる。ぼやける。体が軋む。悲しい。悲しみと寂しさでいっぱいで張り裂けそうだ。

「無駄な、時間だったの？」

好きになっても実らなければ、駄目になってしまえば、それはもう無駄な、どこにも繋がらないことなのだろうか。

「え、フジ、どうしたの」

菜月が立ちあがって私の手に触れた。小さな、やわらかい手。肩に手をまわされて、長椅子に二人並んで腰を下ろした。

「ごめん。わかってる」

菜月がつぶやいた。ぽつっと涙が落ちる音がした。膝に置かれた手に水滴が落ちていた。涙は私の手の甲にもどんどん落ちてきた。

「ほんとは、フジの話を聞いて安心した……里見くんの言ったことは本当だったんだって。他の女の子に取られることはないって、わたし、ほっとしてる。ひどいこと言って、ごめん。でも、里見くんに悪いことをしたって気持ちより、良かったたっていう気持ちの方が大きいよ。なんで……こんなに、嫌な人間なんだろう」

しゃくりあげながら話す菜月は弱々しくて胸が痛くなった。

泣きたいと思った。涙にして流してしまいたい。でも、私の視界はぼんやりと曇っているだけで、涙はこぼれなかった。泣き続ける菜月の冷たい手を撫で続けていた。

バイトがない日、授業が終わると図書館へ行った。試験期間でもない図書館はひと気がなく、すぐに里見の姿を見つけることができた。

秋の透明な日差しを浴びて、色素の薄い髪は黄金色といってもいいほどきらきらと輝いていた。肌は夏の名残りもなく、透明感のある乳白色だ。やっぱり恵まれた容姿をしている。

近くのテーブルの下級生らしき女の子二人が里見に見惚れていた。頬を染めながら、お互いに耳打ちしている。里見はまったく気づいた様子もなく、分厚い本に視線を落としている。

なにも変わらないんだな、と思い、ほっとしている自分を恥じた。あの噂が耳に入ってたとしても、里見はいつもと変わらない生活を送るだろう。でも、だからといって傷ついていないわけではない。心の傷の深さなんて他人にはわからない。

邪魔してはいけないので、貸出カウンター横の休憩所で待った。一時間ほどして、本を借りない可能性もあることに気づき、閲覧室に戻る。書架と書架の間から様子をうかがおうとすると、「ひさしぶり」とすぐ後ろで声がした。

「うわ」と声がもれてしまい、笑いを噛み殺した里見に人差し指を立てられた。

「うるさい」

「すみません」と身を小さくして謝る。

「なにしてるの？」

まっすぐ訊かれて言いよどむ。

「本を探しに……えーと、小川未明ってあるかな」

「ないわけないだろ」

「有名なんだ」

里見が黙って文学の棚の方を指す。

一歩進みかけて、「やっぱ、いいわ」と笑う。全さんが話していた『牛女』という物語を探そうと思ったが、読めるような心境ではなかった。

「ありがとう。でも、今度にする」

背を向けると、パーカーのフードをひっぱられた。ぐえ、と変な声がでる。階下を指し「休憩」と目を細め、私を追い越してすたすたと閲覧室を出ていく。澄ましたように見える顔も静かな佇まいも高貴な猫みたいだった。

休憩所でジュースを買い、図書館の外へ行くと、里見は前に話したベンチに細い脚を投げだすようにして座っていた。日陰を作ってくれていた木々の葉は茶色くなり、風で枝が揺れるたびに落ちて、地面のあちこちに積もっていた。

ベンチの落ち葉を払って里見の横に座る。少し間を空けるのを忘れずに。「はい」と紙パックのプルーン入り飲むヨーグルトを渡す。

「おれ、これ好きって言ったっけ？」

里見は紫色のパッケージを怪訝そうに見つめる。大きく「鉄」と書かれている。

「献血ばっかりしてるから貧血にならないかなって。腕とか細そうだし」

シャツ一枚の里見は若干寒々しい。服の上からでも体全体の細さが伝わってくる。

「柏木はいい二の腕してるよなあ」

オーバーサイズのパーカーを着た私を見てくる。

「この下にもう一枚着てるし」

「ちゃんと夏に立派な二の腕見てるから」

里見が紙パックにストローを刺す。「冷えてるねー」とわざとらしく震えてみせる。

「どうせなら、あったかいもんが飲みたいんだけど」

「あ、こっち飲む？」とミルクコーヒーの紙コップを差しだす。

「なんで自分はホットなんだよ」

「すみません、両方良かったら飲んでください」

ぺこぺこ頭を下げながら里見との間に紙コップを置く。人との気のおけないやり取りに懐かしさを覚えた。けれど、やはり全さんとは違う。その事実に胸が潰れそうになる。そんなことを思うのは、里見にも失礼だ。

「嘘だよ、ありがとう」

里見が笑う。

「ちょっとすねてみた」

「え」

「ずっと連絡くれないしさ」

ストローを咥える。伏せた睫毛が長い。はらはらと葉が散って、地面で小さな乾いた音をたてた。

「ごめん」

つぶやいていた。全さんといた間、里見のことを忘れていた。里見だけじゃない、菜月のことも、他の友人も、誰も私の中にはいなかった。全さん以外は。それなのに今さら友達面するなんて、あまりにも身勝手だった。

「ごめん」もう一度言う。

「いや、そんなに真剣に謝られても」

里見が吹きだす。

「いろいろ、ごめん」

私はまた言った。菜月がしてしまったことを言えなかった。里見に失礼なことをした人間を私は責められなかった。噂のことも口にできない。なにしにきたんだ、私は。

里見がすっと真顔になった。整っているだけに冷たく見える。

「なんかよくわかんないけどさ」

紙パックをベンチに置いて腕を組む。のけぞるようにベンチにもたれて頭上を見た。私も見上げる。葉もまばらになった枝の間から薄青く澄んだ空が見えた。鳥の群れが黒い点になって飛んでいく。辺りには夜の気配がただよいはじめていた。

「別に、いい人間でいようとしなくてもいいんじゃないの」

穏やかな声だった。はっと里見を見ると、目だけをこちらに向けてきた。

「楽しい夏だった？」

優しい顔で笑う。胸の奥が不覚にもやわらかくなるのを止められない。ぐずぐずと溶けていく。里見は男性のはずなのに、こんな母親がいたら良かったと変なことを思ってしまう。

「どうだろう」

目をそらし、笑おうとする。ぎこちない。

「あっけなかったよ。紙クズみたいに捨てられちゃった。いや、ティッシュかな」

「その表現なまなましいから」

「や、そういう意味じゃなくて」

焦って首をふって、ふっと笑いがもれた。

「うん。まあ、仕方ないよね」

「なんで」と、里見がかたい声で言った。

「柏木、すごくきれいになったよ。それに、なんだか堂々としてる。どういう関係だったかはわからないけど、怒るときに怒っておかないとずっとひきずるよ」

「……怒る？」

里見のビー玉みたいな茶色い目が私を覗き込んでいた。

「捨てられたんだろ。さびしくない？　悔しくないの？」

言葉を反芻して、くり返す。

「さびしいし、悔しい」

「うん」

「ひどい。ずるい。つらいよ、つらい」

呑み込んでいた感情が言葉のかたちで口からこぼれていく。薄墨をひくように辺りが暗くなっていく中で、里見の姿だけがぼんやりと白く光って見えた。

「くそやろう」

声がもれた。

「クソジジイ！　クソジジイ！　クソジジイ！」

拳を握って連呼した。里見はなにも言わなかった。空に向かって叫ぶ。

「馬鹿、大嫌い、死ね、クソジジイ、死んでしまえー！」

大声で罵った。群青に変わりつつある空の端に、氷の欠片みたいな月が浮かんでいた。吸い込んだ空気が乾燥していて、喉がひゅっとなりむせた。げほげほと咳き込む。視界が滲んでいく。もう声にならず、唸りながら私は泣いた。

里見はずっと黙っていたが、ときどき思いだしたように私の肩を軽く叩いてくれた。少しだけよそよそしい、けしてそれ以上は距離をつめてこない、安定したリズムだった。けれど、その時の私は知らなかった。吐きだした声が、本物の神様に届いてしまうことになるなんて。

10

恋で人は変わるだろうか。

そう問うと、里見はいつも「なんて言って欲しいわけ？」と鼻で笑った。意地悪な返答をするくせに去ろうとはせず、なにも言えずにいる私のそばで本のページをめくっていた。

季節が移ろう。図書館前の木々の葉がすっかり落ちて、息が白くなりだすと、里見は図書館ではなく私の家で読書をするようになった。こたつ布団にいつまでも半身を突っ込んで猫のように丸まっていた。「なんか食べる？」と訊かないと食べようとしない。面倒臭がりで一度こたつに入ると出たがらない里見とは鍋ばかりだった。鍋といっても、冷蔵庫にある食材を放り込んだだけのものだ。里見はうまいともまずいとも言わずに食べた。

ときどき菜月もやってきた。菜月は里見に謝罪したらしい。里見もそんな彼女を友人として受け入れていた。菜月の気持ちがまだ里見にあることを私は知っていたが、もう二人の関係には口を挟まないようにした。

ぐつぐつ煮える鍋の向こうで缶チューハイに頰を染め、何事もなかったかのように喋り、笑い合う二人が大人に見えた。

私はきっと無理だ。今ここに、こたつの空いた場所に、全さんがかがむようにして入ってきたら。ぎょろりとした二重で私を見て、顔の半分でにやりと笑ったら。自分がどんな顔をするかわからない。なにもなかったことになんて、絶対にできないのは確かだった。

だから、変わったのだと思った。あのひとに出会う前とは。触れられた自分と触れられる前の自分は違う人間なのだと。少なくとも、誰にも見せない顔をあのひとには見せた。こんな風にいきなり捨てられたのに、再び目の前に現れたら私はまた溺れる。体の底にその確証があった。どんなに憎んでも軽蔑しても呪っても、私の体はあのひとを待っていた。

これこそが恋なのだと、半ば誇らしく、半ば絶望しながら、信じていた。

冬の夜は長い。菜月が終電で帰り、食べるのに飽きた里見が読書に戻っても、私は麵を入れたり雑炊にしたりしてだらだらと鍋をつついていた。部屋は静かで暖かく、手酌でしたたかに酔って目をとじると、凍てつく冬の夜でも夏の夢をみた。

揺れるゴーヤのカーテン、扇風機の唸り、蟬の声、しつこい蚊、スイカの赤と青くさい香り、がらんとした教室、窓の向こうの入道雲、ラジオから聞こえる高校野球、樹木の中の石段、桃の産毛、ビール瓶を傾ける筋ばった手。経験したいくつもの夏が混ざり合い、押し寄せてくる。裸足で畳を踏んで、誰かがやってくる。黒い影がかかって、あのひとの声が聞こえる。

——藤子

そうして目を覚ますと、ちびちび日本酒を飲む里見が「雪」と窓の外を指した。暗闇に、ほつ、ほつ、と発光する生き物のように雪が降っていた。窓ガラスにぶつかっては儚《はかな》く溶け消える。

ふいにわかった。

私は変わったんじゃない。

変えられたのだと思いたいのだ。傷つけられたのだと。今はもう傷しか残っていないから、何度も何度も自分でかさぶたをはがし、痛みと見えない血が流れるのを感じて、あのひとのつけた傷を確認していたいのだ。

そんなものを後生大事に抱えている私のもとへ、あのひとが帰ってくるだろうか。

あのひとが惹かれるのは一瞬なのに。

闇に吸い込まれ消えていくこの雪のような。

——人間はありものだ。いつか消える。

山形へ向かう電車で口にしていた言葉と、窓の外を見たまなざしを思いだす。視線の先には海があった。刻一刻と姿を変える空と海が。

もう、あの日は私を追ってはいない。

座布団に顔を突っ伏す。くたびれた布に鼻を押しあて、あのひとの古い蠟燭《ろうそく》のような、けして良いとはいえない匂いを探し、薄れかかっていることに涙が込みあげる。

里見がまた本に目を落とす気配がした。

それでもまだ、ここにいれば、と思っていた。ここには写真館がある。もう色の変わった野菜くずしか浮いていない濁った鍋の汁を捨てられないように、かすかな繋がりにすがっていた。


記憶のすべてが痛みに変わっても、容赦なく時間は経つ。

やがて就職活動がはじまり、周りと同じ地味なスーツに身を包み、エントリーシートをひたすら提出する毎日がくり返された。企業の会議室で高すぎる身長を隠すように背を丸める自分はもう、あのひとが見つけてくれた私ではなかった。

大学院に進むという里見はやはり図書館通いを続け、菜月は早い段階で出版社の内定をもらっていた。二人はいつの間にかやりたいことを見つけていた。私だけが目的も意欲もなく、流されるまま日々を過ごしていた。

その日、手応えのない二次面接を終えると、高層ビルの間の空がひらけて見えた。太陽がつむじをじりじりと炙る。アスファルトがぎらぎらと熱い。梅雨の気配はもうなく、鞄の底に入れっぱなしだった折りたたみ傘が必要なくなったことに気づく。

リクルートスーツの一群から離れて、暑い中を一駅分歩いた。すぐにシャツが汗で張りつく。上着を脱いで、ふいにビールが飲みたくなった。素肌でごろりと畳に寝そべりたい。今日はまっすぐ家に帰ってしまおうと思った。

最寄駅から自転車に乗り、日差しに目を細めながら家を目指す。ビール、ビールと頭の中でつぶやきながらペダルを漕ぐ。こめかみから首筋に汗がつたった。今日の面接がうまくいかなかったことも、もうすぐゼミの発表があることも、すっぽりと消えていた。私の体はただ懐かしい暑さを無心で受けとめていた。今夜は心地好い疲労感の中でぐっすり眠れそうな気がした。

家のある角を曲がる。

その時、目の端でなにかが動いた。脳がそれを判断する前に体が動いていた。自転車を投げだし、叫びながら駆けた。

廣瀬写真館のガラス戸が開いていた。

待って、待って、と頭の中がいっぱいになる。埃と排気ガスで汚れたガラス戸に手を伸ばし、足がもつれた。地面についた膝に痛みが走る。呼ぼうとした名が呻き声に変わった。

室内で誰かがふり返った。誰か、と思った時点で、それが全さんではないことを体中の細胞が察して、糸が切れたように体がぐったりと重くなる。なんて馬鹿だ、もうたくさんの季節が過ぎたというのに、こんな一瞬で心も体も戻ってしまう。

コツ、コツ、と尖ったヒールの音が近づいてくる。戸口に座り込んだ私を、年上の女性が見下ろしていた。黒いシンプルなワンピースに、ラフな素材のジャケットをはおっている。

「大丈夫？」

長い間、黙っていたのかもしれない。声はかすかに掠れていた。

「だい……じょ……ぶです」

私もうまく声をだせなかった。地面に片手をついて、なんとか立ちあがる。右膝がじんじんと熱い。

女性がすっと私の横を抜けて、散らばった鞄と上着を拾ってくれた。歳はいっているようだったが、顎のラインで切りそろえられた髪と横顔がきれいだった。若い頃は相当な美人だっただろう。

切れ長の目が私を見る。対象物を観察するような容赦のない視線。ぎくりと体がこわばった。こういう視線には覚えがある。

「あなた、柏木藤子さん？」

訊かれるより前に見抜かれている感触があった。だから、「はい」以外の返答は私に用意されていなかった。

女性は私の上着と鞄を持ったまま頭を下げた。

「はじめまして、廣瀬京子《きょうこ》と申します。全の妻です」

ぎこちない蟬の声が遠のいた。夏の空が粉々になって突き刺さってくる気がした。

話がしたい、と言う京子さんに連れられて車に乗った。京子さんは車内ではほとんど口をきかなかった。「良かったら使って」とポーチから絆創膏をだして、私が受け取るまで手を引っ込めない。彼女の動きはゆったりと優雅だったが、自信と余裕がにじんでいた。

指が震えて、絆創膏のフィルムは何度も落ちた。その度に狭いシートで身をかがめ、頭が前の座席にぶつかった。十分ほどの時間が異様に長く感じた。

降りる時にやっと運転しているのが三木さんだと気づいた。目を伏せて会釈をする彼女の髪は伸び、以前の小柄な生き物のような俊敏さは影をひそめているように見えた。

中華料理店の個室に案内される。昼と夜の間の時間だったせいか、店はひと気がなく、ところどころ薄暗かったが、冷房だけは寒いくらいに効いていた。手足が冷たい。指先の感覚があまりない。

「そんなに緊張しないで」

八人は座れそうな円卓の斜め向かいで京子さんが言った。

「あなたにお願いがあってきたのですから」

部屋に入ってきたコックコートの男性になにやら注文しはじめたが、まるで頭に入ってこない。「ちょっと食事に付き合ってもらっていい？」と訊かれ、無言で頭を上下にふるのがやっとだ。食欲なんてない。妻という文字がぐるぐるとまわって吐きそうだ。男性が出ていくと、「さて」と京子さんがこちらを見た。

「……ごめんなさい」

もれでた声は無様にも震えていた。

「全さんとは……、あ、いえ、あの、全さんからは聞いていなくて……」

奥さんがいたなんて。その言葉がでてこない。体が事実を拒否している。朱色の円卓がぐにゃぐにゃゆがんでいる。私を呑み込もうとする血の池みたいだ。

「独りだって……言っていたので」

言っただろうか。確信が持てなくなる。帰る家がないとは聞いた。

「私が勝手に……全さんに……その……好きになったんです。でも、ほんとうに……なにも聞いてなくて」

はっと我に返る。結婚していたことはなんとなく知っていたが、全さんは一度も「別れた」とも「離婚した」とも言わなかった。妻の話もしなかった。

自分にとって都合が悪かったから？

胸にゆっくりと絶望がひろがっていく。不倫、嘘、裏切り、そんな言葉が浮かんで息が苦しくなる。

でも、私も訊かなかった。どこかで、知ってしまえば終わりだと知っていたから、独り身だと決めつけた。

チャイナ服の店員が入ってきて、円卓に皿や料理を並べていく。京子さんは私がなにも言わなくなるのを待って、おちょこのような器で茶をひとくち飲んだ。

「あなたと廣瀬の関係を訊きにきたわけではないの」

箸を取り、私にも食べるように勧めて前菜を口に運ぶ。ぱりぱりと澄んだ音がたった。

「ここの金華ハムと干し豆腐のサラダはおいしいわよ」

そっと箸を伸ばす。もそもそと段ボールを嚙んでいるような感触しかしない。搾菜《ザーサイ》を嚙み砕き、葱だれのかかった蒸し鶏を三枚まとめて口に入れる。小籠包を丸呑みすると熱さで涙目になった。茶を続けざまに飲む。

京子さんはレンゲに小籠包をのせたまま口をぽかんとあけていたが、ふっと息を吐いた。

「……どうして、こんな子供に」

恥ずかしさと怒りで体が熱くなった。全さんに相応しい容姿ではないことはわかっている。でも、よりにもよってきれいな全さんの奥さんに値踏みされるなんてあんまりな屈辱だ。

「もうお酒だって飲めます」

京子さんがこちらを見た気配がした。

「子供なんかじゃないです」

箸を置くと、目が合った。

「違うの」と、京子さんも箸を持つ手を下ろした。

「そういう意味ではないわ。なんてむごいことをするのかと思ったの」

馬鹿にされたのかと思ったが違った。京子さんの静かな目の奥には哀しみがあった。

そして、わずかな嫌悪感と痛み。

胃がねじれそうになる。無理もない。逆の立場だったら許せることではない。

「無理して食べなくていいから」

京子さんはレンゲを皿に戻すと、かっちりしたブランドものの鞄から茶封筒を取りだした。契約書のような紙を広げる。

「廣瀬とは法律上は夫婦だけど、仕事のパートナーだったの。彼の作品は私の事務所で管理しているわ」

なぜ過去形なのだろう、とかすかにひっかかったが黙って頷いた。

「廣瀬が撮ったあなたの写真を本にまとめようと思っています。出版と同時に展覧会も企画しているの。だから、今日はあなたに許可をお願いしにきました。保護者に相談したければ日を改めます。まだ学生のあなたに判断を委《ゆだ》ねるのはどうかと思ったのだけど、一度あなたには会っておきたかったの。驚かせて、ごめんなさいね」

京子さんはひと息に言うと、紙袋に入った分厚いファイルを私たちの間の椅子に置いた。

「これが候補に入っている写真のコピーです。家に帰ってからでいいので確認してちょうだい。同意してもらえるようだったら、この書類にサインをお願いしたいの」

「あの……」

理解がついていかない。「はい、なんでしょう」と京子さんは揺るがない表情で私を見つめている。

「私の写真、ですか?」

「ええ、そうです」

「ぜんぶ?」

「ぜんぶかどうかは私には判断できないけれど、ここにある十倍はあったわ。この候補は廣瀬が選んで抜いてあったものです。彼の意向を尊重して、発表する作品はこの中から決めるつもり」

京子さんの言葉を一語一語反芻する。

「全さんが、私の写真を、あなたに渡したってことですか？　私を写したものを？　服を、着ていない写真も？　ぜんぶ？　私にはなにも言わずにいなくなったのに？」

たどたどしい私の問いかけに、京子さんは辛抱強く「はい」「ええ」「そうです」「ぜんぶかはわかりません」とひとつひとつはっきりと答えた。最後の質問以外は。

「どうして……」

かすかに京子さんが表情を崩した。

「どうしてって。それが廣瀬の仕事ですから」

ゆっくりと頭の芯が冷えていった。

なぜか置いたはずの箸をまた摑んで肉の煮物を口に入れていた。けれど、嚙んでも嚙んでも飲み込めない。奥歯でちいさな実が潰れ、山椒の青い香りが鼻を抜け、舌を痺れさせた。

ぜんぶ、写真のため、だったのか。

父親を亡くした私を手懐《てなず》けて、恋に落として被写体にして、後始末は妻にさせる。地面に落ちた、もの珍しい果実を戯れに潰して、撮って、腐敗させ、片付けもせずに去っていくように。

捨てられたんじゃない。ただ、全さんの中で撮影が終了しただけだった。そして、彼はもう奥さんのいる日常に戻っている。

ああ、とうめくように思った。こうやってあなたはすべてを奪っていくのですね。わずかに残された期待も、美しく思えた記憶も、薄汚い大人の嘘で踏みにじって。

嘘に気づかず恋に浮かれる私は、全さんの目にさぞ滑稽に映ったことだろう。

高価そうな布のナプキンにぐちゃぐちゃになった肉を吐きだす。「具合悪い？」と腰を浮かせた京子さんを無視してナプキンを丸め、写真のコピーが入った紙袋の上にのせて椅子ごと押し戻す。床と椅子の脚がこすれる耳障りな音が部屋に響いた。

「好きにしてください」

自分の鞄からペンを取りだし、書類の下の方の空欄に名前を書き殴る。

「保護者とか、いないんで。じゃあ」

立ちあがろうとすると、「待ちなさい」と抑えつけるような声がした。

「同じ女性として言うわ。せめて写真を確認してからにしなさい。藤子さん、あなたの写真なのよ」

怖い顔だった。怖いと思ってしまったことが悔しくて泣きそうになった。

同じ女性？

なにを言ってるんだろう、この人は。全さんの奥さんと私が同じ女性なんていうラインに立てるわけがない。唇を嚙んで睨みつける。

私は撮影のためのただの玩具で、あんただってそう思っているくせに、いい人ぶるのはやめて欲しい。惨めだ。

「なにが目的なんですか」

「どういう意味かわからないわ」と静かな声が返ってくる。

「自分の夫と寝た女の写真を出版したいなんて、私には理解できません」

吐き捨てるように言った。しばらくの沈黙の後、「それはね」と彼女は言った。

「廣瀬の遺言だから」

え、と声がでた。とんでもなく間抜けな声だった。耳がキーンと鳴っている。

「もちろん廣瀬の遺作として世にだすべき素晴らしい作品でもあります」

京子さんの口の動きを目が追う。けれど、なにも入ってこない。奇妙にのっぺりとした視界で京子さんが私を見てかすかに眉間に皺を寄せる。

「もしかして知らなかったの？」

頷く。誰かが私の代わりに私をやってくれているように現実感がない。

「廣瀬は去年の暮れにメキシコの安宿で死んだの。末期癌《がん》だった。長旅なんか耐えられるはずもない体だったのに。これが、その時カメラに残っていた写真よ」

京子さんが違うファイルを鞄からだしてめくる。

乾いた土地、サボテンとトカゲ、鉄条網、毒々しい色の菓子、祭壇に並ぶ髑髏《どくろ》の人形、果物の積まれた売り場、花飾りに覆われた墓場、食べかけの皿、雲ひとつない宝石のような色の空。そして、異国の見知らぬ人々の顔が何枚もあった。日に焼けた肌で、照れたり、笑ったりしながら、まっすぐこっちを見ている。どれもざらついた質感の鮮やかな写真だった。

これが、全さんが見ていた最後の景色。

そこには光しかなかった。全さんがいつも引きずっていた暗い影は眩しい太陽に灼きつけられて消えていた。最後まで、このひとは誰のものにもならなかったのか。

「……ひとりで、ですか」

すがるように訊いていた。

「ええ」と京子さんは頷いた。「ひとりで、逝ったわ」

また大人の嘘か、と思いながらも、その言葉に慰められている自分がいた。

店員が入ってきて杏仁豆腐と新しい茶を置いて去っていく。「ありがとうございました」と言ってファイルを京子さんに返した。立ちあがる。

「送るわ」と京子さんも椅子をたつ。

「全さんは私のすべてでした」

そのすべてが虚構だったけれど。

京子さんの足が止まる。

「私もそうだったけれど、あなたくらいの歳の子は恋が世界のすべてのように思うの」

そっと肩に手が置かれた。良い香りがした。

「今はそう錯覚しているだけ。あなたはあなた、廣瀬とは別の人間なの。それに、藤子さんはまだ若いのだから……」

「やめてください」

さえぎった。大きな声がでてしまい、開いた戸の向こうで店員がふり返った。

「それは親切じゃありません」

反撃のつもりだったのか、せめてもの防御だったのか、押し返すように言っていた。お願いだから、と思った。これ以上なにも言わないで欲しい。私の知っている全さんを奪わないで欲しい。

「そうね」と彼女は言った。それから「ほんとうに、ひどい男」とつぶやいた。その声は慈しむように聞こえた。

廣瀬写真館の前で車を降りた。「ここも秋までには潰します」と言う京子さんを黙って見返す。

「それも遺言なの」

申し訳なさそうに彼女は言った。「なにか困ったことがあったら、ここに連絡して」と名刺を手渡してくる。全さんの苗字が印字されていた。改めて胸が軋む。

「前に……全さんを刺したのはあなたですか」

左手をあげて、腕を指でなぞる。京子さんは軽く首を傾げた。ちょっと笑う。目尻にきれいな皺が寄った。

「殺したいと思ったことは何度もあったけど、違うわ。利き手は狙わない。仕事のパートナーだって言ったでしょう」

笑う京子さんの頰を夕日が染めていた。三木さんが「藤子さん！」と運転席からふり返る。

なにか言いかけて、うつむき、「お元気で」とつぶやいた。「三木さんも」とドアを閉めた。懐かしいライトバンが去っていくのを見つめた。

全さんがいなくなった世界で日が暮れようとしていた。

小川未明の『牛女』を読んだのはいつだっただろう。牛女と呼ばれる、背が高く心優しい女が、死んでもなお、我が子を想い続ける物語だった。子が大きくなっても牛女は姿を変え、我が子を見守る。子も牛女の霊魂に見守られていることを意識している。深い愛だ。けれど、牛女がいつまでも子への愛に縛られているからか、憐《あわ》れを誘う。

あのひとが欲したのはそういう愛だったのだろうか。どうしたってひとところにはいられない自分を縛って欲しいと思ったのか。それとも、死んだ娘への情を投影したのか。もう問いかけることもできない。永遠に。

私を写したという写真集は話題になった。メキシコのものよりずっと売れ、廣瀬全の代表作になった。『FUJIKO』というタイトルのせいで、私の素性はマスコミに嗅ぎつけられた。週刊誌やネットで愛人や隠し子といった様々な憶測が書きたてられた。廣瀬全の熱狂的なファンは私の家を探しあて、話を聞きたがったり、サインを求めてきたりした。断れば「ブス」「調子に乗るな」と罵られ、脅迫まがいの手紙がポストに残されたり、「脱げよ」と乱暴な言葉をぶつけられたりした。

私と全さんの思い出がさらされ、なじられ、汚されていった。見たくなかった。

何度も引っ越しをくり返した。就職活動はうまくいかず、大学を卒業してから小さな建築事務所にバイトとして拾ってもらった。廣瀬写真館はコインパーキングになった。実家はおばさんに譲ってから帰っていない。

二つ折りの携帯電話はスマートフォンになり、簡単になんでも調べられるようになった。それでも、自ら検索しなければ目に入らない。意志さえあれば見ないことはできた。

写真集が発売されてから、私は逃げ続けることで必死だった。会いたいという人がやってくると、それが誰であろうと話を聞く前に逃げ、友人も作らず人目を避け目立たないように暮らした。その生活は感情に蓋をしてくれた。

写真集が発売されてから一年後、三木さんから電話があった。全さんの奥さんが亡くなったと聞いた。もともと心臓が悪かったので、と三木さんは報告書を読みあげるようにして話した。全さんの名は口にしなかった。二人は、と三木さんは言った。娘さんと同じお墓に埋葬されます。それを聞いて、後を追ったとしても、あなたの居場所はないのだと念を押された気がした。三木さんと話したのはその一度きりだった。

時折、発作のように悲しみがやってくることがあった。その度に、里見に助けを求めた。自分が死ねと願ったせいだと、悪酔いして泣き叫んだこともあった。願って人が殺せるなら人類は絶滅している、と里見はたんたんと言い介抱してくれた。

何年も後に、「どうしてずっと助けてくれたの」と問うと、里見はやっぱり皮肉っぽく笑った。「はいはい、なんて言って欲しいわけ、だね」と、もう何杯目かわからないビールを飲んだ。

酒が強い里見は表情を変えずに「いや」と言い、酔っていない割にはめずらしく長く考えていた。

「柏木を放っておけない理由があればいいなと思ったことはあったよ」

スーツに身を包んでいても、里見は学生の時とまるで変わらなかった。

「嫌いじゃないんだ。たいていの人間が大嫌いだけど、柏木は嫌いじゃない」

そう言ってくれた里見は社会人になって三年目に死んだ。急性白血病だった。ドナーは見つからなかった。いつしか献血をしなくなっていたことに気がついたのは、点滴に繋がれた白い腕を目にした時だった。里見は病院のベッドで「やっぱり病気は平等だったな」と笑っていた。

もう泣けなかった。鈍い私はまた大切な人の病気に気づけなかった。孤独なまま闘わせて、死の覚悟をひとりで決めさせてしまった。再び同じ間違いをしてしまった自分に泣く権利はないように思われた。

優しい人も、ひどい男も、いい奴も、みんないなくなってしまった。

ときどき暗闇でスマートフォンが光る。冷たい、人魂のような光だといつも思う。いなくなった人の声が聞ければと願う。けれど、深夜にかけてくるのは菜月しかいない。

菜月はまだ里見が忘れられないと言う。結婚して、子供を二人もうけても。唯一手に入らなかった男だからだろうか、と泣きながら笑う。聞きながら、手に入ってから失うのと、手に入らないまま想い続けるのはどちらが辛いだろうかと考える。考えても答えなどないのに。私たちは強いのか、弱いのか、わからない。

「フジはどうしているの」と泣き終えた菜月は必ず訊く。「変わらないよ」と答える。

私はいつも自分のことばかりだ。自分のコンプレックス、自分の家庭事情、自分の初めての恋愛、そして、失恋。まわりに誰もいなくなっても自分だけが残っている。

くっきりと自分だけが暗闇に在る。

眠れない。昔のことばかりが思いだされる。けれど、それも限りがある。記憶はどんどん褪せ、失われていっている。

ベッドから起きあがり、部屋の電気を点けた。サイドテーブルの上の写真集に手を伸ばす。黒の表紙に青い英文字が浮いている。

この表紙は何度も見た。本屋で、街で、テレビで、ネット画面で、ありとあらゆる場所で。その度に顔を背け、逃げた。あの時の自分を一枚だって見たくはなかったから。

目をとじると、色の悪い唇がよみがえる。よれた煙草を咥えて、もてあそぶ。ゆらゆらと流れる煙が鼻先に届いても、匂いはない。劣化した肌に散らばる染みのひとつひとつ、脂気のない白髪まじりの頭髪の一本一本、痩せこけた腰骨、黄ばんだ歯に血の流れる傷口。

でも、どんなに詳細に思いだしても、いない。いないのだ。

あのひとは、いない。

逃げていたのは自分からじゃない。あのひとがいないという事実からだった。

姿見が目に入る。大学生にはとても見えない女が疲れた顔をしてこちらを見ている。

あの頃の私ももういない。

この写真集の中にいる私は違う人間。昼間、編集者にそう言いながら、私こそがそれを認められていなかった。

私は全さんたちのように時間を止められなかった。

生きているから。そして、これからも生きていくから。

ふ、と声がもれた。生きている。右折ですらじたばた悩んでいた自分なのに。

全さん、と思う。忘れませんよ。忘れられるはずなんてない。それでも、私はもうひとりで生きている。誰に守られなくても、人より遅い歩みでも、自分の足で進むことができる。

もう、眠れない夜を過ごすのは終わりにしよう。

息を吐く。

目をあけて、震える指で重みのある表紙をめくった。

そこにあるのが、人の肌だとはわかった。

大きすぎて、すぐには全体像が摑めない。画面は暗い。暗いのに重油のように輝いている。白と黒の粒子が混ざり合い、ぶつかり合って、生身の体を写していた。

手だった。腱《けん》がまっすぐに浮き、太い血管が斜めに走っている。関節が長く、ごつごつした節のある、とても女には見えない指。爪は布みたいなものに食い込んでいて見えない。

手は苦悶するようにゆがみ、次の写真では柔らかく弛緩《しかん》していた。

心臓がどくんどくんと脈打つ。見間違いようもない。表情は違ったが、どちらも私の手だった。パソコンを打つ時、料理をする時、食べる時、こうしてページをめくる時、視界のどこかに入っている手というものを目の端で捉えていても、意識することはほとんどない。第二関節の膝のような皺、爪の甘皮やささくれ、指の付け根の毛穴、ひときわごつい親指に頼りない先細りの小指……輪郭では知っているものの細部は、奇妙にグロテスクで、既視感があり、無数の現実がぎゅっと凝縮されたような圧力を感じた。
腕、肘、二の腕、肩、腋窩《えきか》の暗がり、鎖骨の窪み、すくすくと伸びた健康的な骨が余分な脂肪のついていない肉をまとっている。汗で湿った肌はなめらかでよくしなる。ねじった脇腹の下にはあたたかい内臓があり、うっすら浮いたあばら骨が三日月のように白いことが伝わってくる。

これは本当に私だろうか。

見覚えのある体なのにわからなくなる。

私は私を知っているようで、知らなかった。自分の体がこんなにもたくさんの言葉を内包し、突き放していたことを。

瘠《や》せた胸のふくらみ、黒ずんで尖った乳首、そのまわりのぶつぶつとした皮膚は気味が悪く淫靡《いんび》だった。へそは未知の暗がりへと続いているようで、じっと見ていると呑み込まれそうだ。体液の絡みつく陰毛、中途半端な肉付きの未熟な尻、反面、寝そべった体はどっしりとした重量と淫靡な欲望をたたえている。

一度、体を俯瞰《ふかん》した視線はまた細部に戻る。たくましい太腿、脚の根元のたるみ、骨ばった膝に、魚の腹のようなふくらはぎ、踵の前のくびれ、あがくようにばらばらにひきつれた足の指と浮きあがる血管、体の下で皺だらけになったシーツはどこか脂じみて見える。

突然、眼球が現れた。意志のようなものに貫かれた気がして手が止まる。まつげに縁どられた目はぬめる粘膜に覆われ、まっすぐにこちらを見返していた。

私の顔。十年以上も前の、若く、無知で、臆病で、それゆえに傲慢な目には好奇心の光が宿っている。これから、男を受け入れようとする顔だった。怖れと期待と高揚があった。頬を火照らす毛細血管までもが見えるようだった。

私はこんな顔をしていたのか。こんな顔で全さんに喰われ、喰らおうとしていたのか。ぼさぼさの眉毛も、汗で張りつく髪も、むくんで腫れぼったいまぶたも、今にも血が噴きだしそうに荒れた唇からのぞく不揃いの歯も、どれも美しくはなかった。

けれど、体のどの細部もしっかりと存在し、命を宿し、その生命力で外の世界を押し返していた。

たったひとつの嘘もなかった。

そこには、神様がいた。

全さんが見つけた神様が、重く、烈しく、醜いまま、息づいていた。

光と影を呑み込んで生きる、ひとりの女のすべてがそこにあった。

どんなに私が努力してもこぼれ落ちていってしまうものが、あの時のまま残されていた。家をなぶる嵐の音が聞こえた気がした。その中に私と全さんがいた。

早めに休憩をもらい、自社ビルのエントランスを出る。バイトで入った建築事務所は若社長の代になってから急成長し、私も社員になれた。今は身寄りのない老人のシェアハウスを企画している。

街路樹の影を選んで歩く。高架下を抜け、日差しに目を細めながら巨大基地のような銀色の建物を目指す。美術館が入った総合文化施設のそばにはだだっぴろい広場があって、色とりどりのフードワゴンが一列に並んで停まっている。ライブも企業説明会も今日はないのか、これからなのか、人は少なく、首から社員証をぶら下げた男女がちらほら歩いているだけだった。

目当ての黄色いフードワゴンで弁当を買い、ビーチにでもありそうなパラソルがついたプラスチックのテーブルに陣取る。ビール缶を連想させる丸い汚れが付着していたが、気にせず弁当を置いた。

ペットボトルの緑茶を飲んでいると、「相席よろしいですか」と声をかけられた。

顔をあげる前に、使い込まれた大きなワークブーツが目に入った。

「おひさしぶりです」

そう言うと、男性は意外そうな顔をした。派手なブルーのプラスチック椅子をひいて座る。ハンカチでこめかみの汗を拭き、「一週間も経っていないので嫌がられるかと思っていました」と私を見た。

「いろいろ思いだしたせいですかね」と箸を割る。「写真集をいただいたのが、ずいぶん前のように感じて」

男性は、ご覧になったのですか、とは言わなかった。「すごいボリュームですね。蓋が閉まってないじゃないですか」と買ったばかりの弁当に視線を落とす。輪ゴムで無理やり閉じた蓋からは豚バラ肉がはみでて、白いポリ容器は茶色いタレと脂でてらてらと光っている。

「あそこの韓国風豚バラ弁当です。ナムルものっけてくれますよ」

「にんにくけっこう使ってませんか?」

「おいしいですよ」

男性はふっと笑った。以前、目尻の皺に抱いた親近感を思いだす。「買ってきます」と席をたった男性の後ろ姿を一瞬目で追い、待たずに食べはじめた。甘辛く焼きつけた肉はまだ熱かった。ご飯をかき込むと、鼻のまわりに汗が浮くのを感じた。

「うまいですね」

すぐに戻ってきた男性も旺盛に食べながら言った。太陽の下で食べるものは美味しい。

頷いて、無言で食べた。

私も彼も早食いなのか、ほどなくしてポリ容器は空になった。男性が立ちあがり、私の分も手に取りゴミ箱へと運ぶ。痩せて見えるが、下半身はしっかりとしていて、ぎゅっぎゅっと踏みしめるように歩く。バリスタのワゴンに寄り、数分じっと待っていたが、紙コップを両手に戻ってきた。芳ばしいコーヒーの香りがただよう。

「どうぞ」

「ありがとうございます」

財布をだそうとすると片手でさえぎられたので甘えることにした。苦い液体をすする。熱くて、少しずつしか飲めない。

男性の足元へ目を遣る。「ああ」と私の視線に気づいた男性が照れたように笑う。

「先生が愛用していたメーカーです。つい、ね」

そっと目をそらした。湯気を深く吸い込む。

「私が神様だったんですね」

男性の顔は見なかった。「全さんにとって」と続ける。男性は否定も肯定もしない。

それでも、もう不安はなかった。

「ずっと、裏切られたのだと思っていました。でも、私はあまりにも子供で、自分でもなにを望んでいるのかわかっていなかった。全さんのそばにいたい、触りたい、触れられたい、もっともっと、でも嫌われたくない。ずっとを願って、願っていることを悟られるのを恐れていました。約束を迫る勇気もなかった。私はたぶん……」

黒い水面に息を吐く。

「家族になりたかった」

膝に置かれた男性の片手がかすかに動いたのが見えた。けれど、なにも言わなかった。

「一緒に生を繋げたかった。私は酷なことを望んでいたんですね」

「あなたのもとに現れた時、先生は余命半年と言われていました。病院を抜けだし、生まれ育った写真館に戻った理由は誰も知りません」

暗い夜の中、血を流しながら立っていた姿がよみがえる。昔馴染みの友を訪ね、そこであのひとは父親を喪った私を見つけた。

「あなたにどうやって出会ったのかも」

男性がゆっくりと両手を組む。考え込むように、想像しようとするように。

「ただ、あの写真が語るんです。フジコという命の塊みたいな女に、どんなに廣瀬全が魅入られ、嫉妬し、執着したか。残り少ない命だったからこそ、先生はあなたに惹かれたんです」

私たちのそばをスーツ姿の一群が通り過ぎていく。女性たちの高い笑い声が辺りに散らばった。広場はだんだんと賑わいはじめていた。

「どうでしょう」

ごくりと熱いコーヒーを飲む。

「じゃあ、なぜ捨てていったんですかね」

「先生も望んでしまったから、だと思います」

「なにを？」

「一瞬の、その先を」

まぶしそうな目をして男性は言った。コーヒーはずっとテーブルに置かれたままだ。

「あなたの未来を、あなたが変わっていく姿を、見たいと望んでしまった。自分にはどうしたって無理なことなのに。どんなに素晴らしい一瞬をカメラに収めても、その先を見ることはできない。自分の病を憎んで、運命を憎んで、そして、あなたを憎む前に先生は消えたんです」

「逃げたんですよ」

顔を背けて言うと、「そうとも言えます」と静かな声で言った。「馬鹿な方でしたから」

「え」と男性を見ると、目元で微笑んだ。

「これは、僕から見た物語です。柏木さんの物語を話してくれますか？」

空を見上げた。建物と建物の間の空は遠く、それでもまだ充分に夏の過剰さを残していた。

眩暈がした。いつだって体の平衡感覚を失うような眩さの中にあのひとはいる。この先もずっと。

「私が話すことも、私の物語でしかありません」

話せば話すほど、逃げ水のようにすり抜けていくのかもしれない。

でも、決めたのだ。写真の中のあの目が見つめていたものを信じることに。

濾されて残った記憶。彼がこだわった一瞬の結晶。

「はい」と名も知らぬ男性は言った。もらった名刺はどこかにいってしまった。それでもいいと思った。

「どんな人の関係も同じです。どんなに深く愛し合っていても、お互い自分の物語の中にいる。それが完全に重なることはきっとないんです。だから、僕はあなたの話を聞きたかった」

「長くなりますよ」

「構いません」

もう一度、空を仰ぐ。とじたまぶたの上から太陽が刺さるのを感じた。黒点がちらつく。深く小さな闇をつかまえて、あの濡れた晩へと戻っていく。

解説

石内 都

千早茜に初めて会ったのは2019年東京都庭園美術館で開催された「岡上淑子　フォトコラージュ　沈黙の奇蹟」展のオープニングレセプションの会場だった。彼女の方から声をかけてくれたのだが私はまったく千早茜という小説家を知らなかった。彼女自身が小説家ですとあいさつしたのか連れの編集者が言ったのかはっきりしないが、私は少し驚いた。小説家？　私の知っている女性の小説家とはまったく違う雰囲気で、小柄でカワイイおしゃれな女の子といった印象だ。ましてや小説家とオープニングレセプションで会うこともめったにない。岡上淑子の作品はあまり一般的な作品ではなく、フォトコラージュという手法で海外の雑誌「ＬＩＦＥ」や「ＶＯＧＵＥ」などファッション誌の中にある写真を切り取り、張りつけてまったく別の世界を作り出す作品である。少しマニアックな感じがしないではない展覧会のオープニングに出席するのはかなり写真に興味があるということだ。

それから一週間ほどして千早茜の名を偶然見つけて短編小説を読んだ。内容は誰れといつどこでどんなネタの寿司を食べるのかという話しだった（これは私が勝手に感じた内容かもしれない)。食べるという行為に対するセンスの良さが、今まで読んだことのない新鮮な感覚として伝わってきて、美術館で会った時の第一印象とはだいぶ違っていた。急に千早茜という小説家に興味がわいてデビュー作の『魚神』を読む。「う〜〜〜ん」と唸りそれ以後のほとんどの小説を読むことになった。

『神様の暇つぶし』をもう一度読みかえす。主人公の柏木藤子は背が高く着るものは無頓着で化粧っ気のない地味な男っぽくみえるキャラクターの女子大生だ。その彼女と父親より歳上で30歳ぐらい離れた男が過ごしたひと夏の物語である。

藤子が少女だった頃、近所にある写真館の不良息子として知られていたその男が、ある日突然現れたことで物語が展開する。亡くなった父親があこがれていたその男は有名なカメラマンになっていた。処女の藤子と妻帯者で女性問題が複雑な男と、成り行きのように関係が出来上がる。死を前にしたカメラマンの男は、ほとばしる若さと熱量のかたまりのような藤子とのｓｅｘシーンでの肉体を写真に撮り、遺言通り彼女の名前がタイトルの『ＦＵＪＩＫＯ』として写真集が出版されたのである。

写真を撮る行為はある種ピーピングマシンとしてのカメラをのぞくことでもある。特にカメラマンは男が多く、まさにカメラ・マンなのだが、レンズをのぞく事の原初的な欲望は男の方が強いかもしれない。私は見る側の人間であるが見る事の記録としての写真でなく、見えないものを意識する写真を目指してきた。それは記憶に近い感覚だ。藤子が冒頭で「やがて、純度の高い記憶だけが網の上できらきらとした結晶になって残る。」と言っている。それは写真の事かもしれない。

実はこの小説のテーマは写真なのではないかと感じられる。写真について考える時、常に問題になるのは記録と記憶である。その両面を持ち合わせながら見えるものしか写らないと思われがちな写真なのだが、近年は写真に対してどんどん新しい解釈や考え方、方法論が語られ実践されている。今や写真は現代美術のカテゴリーに属している。

小説の中の男はどこか古いタイプの典型的なカメラマンとして登場している。うかつにも無自覚に被写体になってしまった藤子は後悔と共に、若さと老い、父と娘、母と娘、男と女、そして生と死といった相対的な関係が「神様の暇つぶし」として大きく横たわっていることを知ることになった。そして写真に撮られた彼女は自分でありながら自分ではない、紙の上にプリントされた画像は、あくまでも過去の時間の断片であり、フレームに切り取られた時間はまたたきよりも短い一瞬だ。それが何枚も写真集として実在する。怖いことだ。

その昔、写真を撮られると魂が吸い取られてしまうというような迷信があった。それは本当に迷信でしかないのだけれど、私はなるべく写真に写らない方がいいと思っている。写真に撮られるのが、苦手ということもあるが、あながち迷信は間違っているとは思えず、写されてしまった人物は生身の立体から平面におき換えられた画像でしかなく印画紙の上に焼きつけられた人物は実体から大きく離脱している。だから『FUJIKO』の写真集の中の人物は藤子のようでありながらもはや現実の自分とは大きくかけ離れた存在となってしまう。写真とは過去の時間が定着し、あたかも真実のような顔をして不気味にあり続けるものなのだ。それは本当に恐ろしい事であるから写真はなるべく撮らせない方がいいと思っている。

この物語にはもうひとつの大切なポイントがあるのに気がつく。それは食べる事だ。千早茜の小説にたびたび食べる場面が出てくる。藤子がインドカレーを食べる場面からこの物語は始まる。物語が進行するたびに藤子は何かを食べている。一人だったり、男と一緒に、学友達と共に。この小説の中にどれだけの食べる物が出てくるか読みながらメモをした。かなりの種類の食べ物が登場する。桃が中心となり最後は韓国風豚バラ弁当だ。もしかして千早茜は食事のメニューを決めてから小説を書き始めたのではないかと疑った。『神様の暇つぶし』というタイトルがこの物語は一筋縄でないことを示している。日常の生活は食事、睡眠、交友、性交、仕事、生きていく上で必要なものはたくさんある。そのくり返しの中で若かった藤子は歳をとりやがて老いて「神様の暇つぶし」が終わった時に死が待ち受けている。生きる現実からまだ知らぬ世界へ移行する。そんな事を感じながら本を閉じた。そしてこの小説に出てくる食べ物はみんなおいしそうだ。

（写真家）

単行本　二〇一九年七月　文藝春秋刊

文春文庫

神様《かみさま》の暇《ひま》つぶし

定価はカバーに表示してあります

2022年7月10日　第1刷
2024年7月15日　第4刷

著者　千《ち》早《はや》茜《あかね》
発行者　大沼貴之
発行所　株式会社 文藝春秋

東京都千代田区紀尾井町 3-23　〒 102-8008
TEL 03・3265・1211 ㈹
文藝春秋ホームページ http://www.bunshun.co.jp

落丁、乱丁本は、お手数ですが小社製作部宛お送り下さい。送料小社負担でお取替致します。

印刷・萩原印刷　製本・加藤製本

Printed in Japan
ISBN978-4-16-791905-4